COLLECTION FOLIO

Caryl Férey

Petit éloge de l'excès

Gallimard

Les textes de Raoul Vaneigem sont publiés avec l'aimable autorisation des Éditions Verdier (*Lettres de Staline à ses enfants réconciliés*, 1998) et des Éditions Labor (*Livre des plaisirs*, 1990).

Né à Caen en 1967, Caryl Férey a passé son enfance en Bretagne avant de commencer à voyager. Il a vécu quelque temps en Océanie, décor de ses romans *Haka* et *Utu*. Il publie son premier roman en 1994, suivi quatre ans plus tard de *Haka* grâce auquel il fait une entrée remarquée sur la scène du thriller en recevant le prix de l'Aube noir 1998 : Jack Fitzgerald s'est engagé dans la police néo-zélandaise dans l'espoir de retrouver sa femme et sa fille mystérieusement disparues ; vingt-cinq ans plus tard, le cadavre d'une jeune fille fait ressurgir tous ses vieux démons. En 2004, paraît *Utu* dans lequel Paul Osborne, spécialiste de la question maorie, apprend le « suicide » de Fitzgerald dont il fut le bras droit. Incrédule, il reprend l'enquête et affronte ses propres démons. Ce roman dense et violent a reçu plusieurs prix dont celui du Polar SNCF 2006 et a imposé Caryl Férey comme l'un des meilleurs espoirs du thriller français. Dans *Plutôt crever*, paru en 2002, c'est McCash, un flic borgne sans prénom, qui suit la trace de l'assassin d'un député.

Caryl Férey écrit également des livres pour la jeunesse, des textes pour le théâtre et la radio. Grand voyageur, il est toujours en quête d'histoires à raconter.

Découvrez, lisez ou relisez les livres de Caryl Férey :

PLUTÔT CREVER (Folio Policier n° 423)

HAKA (Folio Policier n° 286)

UTU (à paraître en Folio Policier)

À ma mère,
excessive en soie.

Je croirai en Dieu le jour où je le verrai danser.

F. NIETZSCHE

O.K. ?!

— On peut dire ce qu'on veut du génie humain, à force de gratifier les mâles dominants, les forts en fer, les mangeurs d'os, de laisser les vainqueurs écrire l'histoire et les marchands s'emparer du vivant avec une marge de quinze pour cent pour les actionnaires, le résultat n'est pas bien marrant. L'idée très humaine de conquête procède pourtant d'un désir d'unifier les corps et les esprits, préfigurant la mondialisation des échanges et l'abolition des frontières, saine initiative en soi, sauf que l'Homme, partout, n'a jamais pu encadrer son voisin : invasions, pillages, viols, assujettissements divers et contre tous, guerres à la pelle, religions au marteau, impérialismes sauce barbecue, les moins nases de nos soi-disant vedettes ont tenté d'administrer les territoires conquis, les pires appliqué la politique d'Attila ou de Gengis Khan, le plasticien mongol dont l'art de l'empilage de têtes semblait constituer la Très Grande Bibliothèque. Des siècles de progrès et, alors que nous nous sommes péniblement arrachés à la station quatre pattes, aux grognements, à la superstition (du moins pour les athées), à la mainmise des mâles sur les femelles (on peut toujours rêver), alors que nous avons ce truc totalement fantasmagorique dans les mains, à savoir l'humanité (je rappelle aux rabat-joie et aux sourdingues que l'humain est l'animal qui joue le mieux de la musique), alors que nous devrions jouir des multiples possibilités d'existence qui s'offrent à nous, Occidentaux de type caucasien de préférence masculins et pleins aux as, plus le temps passe et plus nous avons l'impression d'approcher de la fin. La fin de l'humanité et, c'est le bouquet, le sentiment assez désagréable qu'on pourrait bien y assister... Pas folichon, hein. Mourir, passe encore, mais un par un, et les vieux avant les jeunes. C'est Cendrars qui racontait ça, quand il fallait sortir des tranchées et servir de tir aux pigeons aux lignes ennemies : ce n'est pas tant la mort qu'on craint que la souffrance. Les poilus pour ça étaient unanimes : ils voulaient bien une blessure propre, une balle dans le cœur, la tête arrachée par un obus, mais pas un bout de fer dans le ventre, pas d'agonie des heures durant dans la boue et les tripes qui se vident sous nos yeux, hurlant de terreur. Les rapports des spécialistes sont tous alarmants ; il suffit de songer aux cinq principaux critères définissant la survie ou l'effondrement d'une société, à savoir les dégradations infligées à son propre environnement, les changements climatiques, les conflits avec d'autres sociétés, les relations commerciales amicales et les attitudes culturelles, pour comprendre que nous en sommes à l'alerte rouge. Pour peu qu'on relève la tête de son porte-stock-options, on aurait comme l'impression d'être dans la peau de celui qui attend un bombardement, voire à la veille d'une catastrophe... Les bombardés aussi sont unanimes : le plus insupportable, c'est l'attente. Pas la joie on vous dit. Aussi l'éconocratie totalisante et phobocratique que nous subissons aujourd'hui mérite que nous tordions le cou au réel : les petits malins qui ont monté l'affaire partant du principe antispinoziste que l'Homme est un animal qui agit selon son propre et unique intérêt, je ne vois pas, moi, nous, l'intérêt de respecter les règles en cours. C'est d'ailleurs précisément ce qui constitue l'excès. Je n'invente rien, c'est dans le dictionnaire étymologique : le mot est d'abord employé pour désigner un acte qui dépasse la mesure, un dérèglement. Je vous passe les détails mais, à la fin, l'emploi du mot au sens de « très grand », et de son adverbe au sens de « très » ou « tout à fait », et cela sans idée d'excès, est fréquent. L'excès non seulement résiste aux règles imposées par les pauvres types susnommés, mais permet aussi de nous multiplier, de nous essayer à toutes les sauces, tous les possibles, de grandir en somme. Tant pis si on est excessivement mauvais. Il n'y a à perdre que des illusions, des résidences secondaires, des voitures, des slips de bain. Puisque la fin violente du capitalisme actuel semble inéluctable, opposons-lui l'excès et, par mesure d'hygiène morale, nions la règle mortifère imposée par ces fameux pauvres types. Il en va de notre salut : beaucoup mieux, de notre sens sur la bonne Terre. Combien de gens, même des femmes pétillantes et superbes, se demandent ce qu'ils foutent ici, sous les bombes ? En attendant le déluge, on notera que tout est bien organisé, l'ennui sponsorisé, l'isolement étudié par de grandes marques de machines à décerveler et les rouages gérés par des spécialistes — c'est quand même fou le nombre de personnes qui, en donnant leur intelligence à ces pauvres types, travaillent à se détruire, à nous détruire, des personnes parfois très *humaines* : ça ferait plutôt froid dans le dos… Non, le monde à leur mesure fait précisément dans la demi-mesure, la petite bière, le croupi aspirant fétide. Leur histoire de s'enrichir sur le dos de l'autre ne vaut pas un clou. De la pensée de racaille. Modèle en toc. Garantie tournant du millénaire. Il n'y a bien que les ignorants, les assureurs, les marchands de canons, les journalistes sportifs qui s'étonnent des comportements en corollaire — casseurs, hooligans, racketteurs, bas du front national ou non. On s'enrichit sur le dos qu'on peut. Quelle élégance ! Tant de panache à ne pas vivre ferait presque ricaner : le problème, c'est qu'à flatter l'infantile reptilien, le génie humain a comme qui dirait des mouches dans les yeux. Dès lors asphyxiés par les conditions technico-spectaculaires de la dictature économique actuelle, deux solutions : ou nous bricoler OGM, mais c'est un autre débat — de toute façon il y a de fort mauvaises chances pour que ce soit les mêmes pauvres types qui décident de la sélection, la solution finale... — ou verser dans l'excès inverse. Pas dans l'excès pompette, avec la tête de la mamie qui tourne comme sous un coup de poppers : non, je rappelle aux indécis qu'il s'agit d'une question de vie ou de mort, qu'on penche aujourd'hui vers la seconde et ce n'est pas vos Sicav qui vont vous sortir de là. Pour sortir du sillon, il va plutôt falloir déconner, comme disait Deleuze, faire dans l'excès Artaud Corps sans Organes, le dionysiaque jambes en l'air, de préférence tous les jours et coûte que coûte : il va en falloir de la joie au laser pour fendre leurs cœurs de pierre, des fleurs brûlantes pour crever leurs bulles spéculatives. « Il n'y a de l'excès que dans l'excès » et rien à espérer des gourous qui nous servent la bouillie dans la bouche. Je le répète, même des gens bien s'acharnent à tout détruire, à détruire jusqu'à leurs propres enfants : c'est le miroir aux corbeaux qui se croient alouettes, la grande escroquerie du millénaire pour un retour direct à l'âge de pierre, et sans peau de bête. Leur nihilisme n'a même pas l'excuse d'une quelconque quête : « enrichissez-vous », tu parles d'un Graal Ali Baba, l'amour à la portée du caniche. Le génie humain est tombé bien bas vous dis-je, pataugeant cathodique sous des yeux cernés de mouches : pas folichon, non. Reste à se secouer la tête et la carcasse. Ce n'est pas parce qu'on nous sert du gras en boîte qu'on est obligé de s'en mettre jusque-là. Le drame postmoderne tient du gavage d'oies en cols blancs, et de l'éternel bas-humain consistant à se venger de ses malheurs sur plus vulnérables que soi, alors que l'excès serait justement de dionyser toute cette bouffance. Plus on est de fous plus on s'amuse, dirait le Surhomme, aphorisme applicable pour peu qu'une volonté commune s'exerce au sommet, et aujourd'hui totalement démenti par les pauvres types aux commandes du bolide. Consommateurs passifs réduits au statut de jeune fille rêvassant de vivre son quart d'heure médiatique, adhésion silencieuse aux valeurs à deux balles, l'attitude des (a)gen(t)s économiques est un suicide collectif qui, non seulement ne dit pas son nom, mais donne celui d'un autre. La faute aux Arabes, demain aux Chinetoques. Aux coupables répondent des irresponsables, et la lame de la petite herbe n'a qu'à bien se tenir. Raison de plus pour cueillir des fleurs en fer et leur coller dans les yeux, histoire de chasser les mouches et de retrouver un peu de lucidité. La passivité des populations captiv(é)es n'est pas sans rappeler l'Allemagne des années trente, Vichy… Joli bouquet qu'on nous satellise là ! Avant d'être sacrifié sur l'autel du gros Capital (car j'ai beau ne pas croire une seconde au Grand Soir de mes aînés, tout ça n'est qu'une question de pognon), il nous reste notre libre arbitre. Libre à nous de ne pas acheter leurs saloperies, de ne pas lire, écouter, regarder leurs saloperies, de ne pas travailler pour leurs entreprises à l'idéologie fascisante, libre à nous d'aimer qui en a envie comme on a envie — en vie — et de ne tenir aucun compte de leurs désastres, des atavismes familiaux, leur business plan, pour une résilience à tous les étages. Ne pas vivre reclus en prédisant l'apocalypse dans un hédonisme de pacotille mais faire tonner le volcan qui grogne en nous, entourés de notre vraie famille, celle du cœur et non du sang… En un mot, si on ne veut pas crever avec des saucisses Herta plein la gueule, il va falloir être sacrément rock n'roll : O.K. ?… OKAY ?!

…

— Vous êtes un peu excessif, non ?

Le monde est fou

« Chers parents et amis,

« Clémentine n'aimait pas son prénom. Sans doute aurait-elle préféré s'appeler Sissi, pour avoir de belles toilettes comme elle disait. Elle avait pourtant un nom rigolo : Clémentine Vauléon, ça ne s'invente pas. Elle était comme ça Clémentine : jamais contente. Pourtant elle aimait la vie. Gamins, pour nous faire rire, elle enlevait son dentier de sa bouche et faisait la sorcière. Pour une impératrice, elle le faisait très bien.

« Mais Clémentine avait peur. Peur de tout : peur de l'orage, peur des bandits, qui la traquaient sûrement dans les ruelles mal famées de Mortain, peur de l'avion, qui allait tomber avec ses enfants à bord, peur des voitures, qui allaient tous nous écraser, peur de l'électricité, qui allait tous nous électrocuter, et aussi de la mort, qui allait tous nous tuer.

« Clémentine était cependant une teigneuse dans son genre : à trente ans elle passait son permis en reculant dans la vitrine d'une boulangerie, à soixante-dix elle montait seule son vélo de rééducation par l'escalier à pic de sa cave, à soixante-quinze ans elle arrachait à la main la moquette qu'un ouvrier n'avait pu décoller, taillait les arbres de son jardin perchée sur son escabeau, descendait chaque jour au bourg, passait à la boucherie, remontait avec une foule de petits sacs, partait en voyage en car et revenait à chaque fois vivante, par on ne sait quel miracle...

« Oui : qu'on l'appelle Maman, Mamie, Madame Girres, Clémentine ou Vauléon, elle nous aura toujours épatés avec son sens aigu de la jérémiade et de l'humour.

« Heureusement, il y avait la belote. Pour une bonne partie, il fallait compter deux heures : Clémentine commençait par prendre à trèfle, se laissait vite dissiper par nos âneries, se faisait couper son "bel as", pleurait un peu son défunt mari pendant qu'on matait son jeu, annonçait belote et re, riait d'une grimace vieille de quinze ans, nous donnait des coups de carte lorsque nous chipions les 10 qui traînaient au bout de son jeu, se laissait chatouiller jusqu'à ce que ses côtes premières commencent à céder, puis gagnait un ou deux bras de fer, abandonnait une dame de carreau, ne sachant plus très bien ce qu'elle faisait dans son jeu, confiait les drames qui avaient jalonné sa vie, pleurait encore, puis riait aux éclats de nos grivoiseries et autres histoires cochonnes dont elle raffolait, jouait son beau valet en se demandant s'il allait passer, gobait tout et surtout n'importe quoi, disait "Le monde est fou ! Le monde est fou", refusait catégoriquement que l'on touche son nez mais acceptait bon gré mal gré de faire le pélican avec son gras du cou, priait Dieu pour faire le "dix de der", riait sans plus savoir pourquoi, pestait contre ses "maudites cartes qui collent", s'inquiétait du moindre bruit dans la maison, jouait sa dernière carte en espérant un miracle qui ne venait jamais, criait qu'on l'avait roulée mais évitait, grâce au valet de tout à l'heure, un cruel capot.

« Après quoi, elle avait le droit à une leçon de rock et, une fois soûle à force de tourner, coupait le jeu pour qu'on distribue.

« Ces rires, il ne faut pas beaucoup d'efforts pour les entendre. Bien sûr, tout n'était pas si joyeux : il y eut la guerre, sa peur chronique de vivre, la solitude et la tristesse de tant vieillir. Louons donc ceux qui l'ont accompagnée dans ce naufrage, étant bien sûrs qu'aujourd'hui notre Clémentine est arrivée à quai.

« Il est des heures où il est sain de mourir.

« Adieu donc, Clémentine chérie. Tu nous aimais comme on était, nous t'aimions comme tu étais, tu as vécu entourée, choyée, et c'est là l'essentiel. Maintenant va. Et au passage, n'oublie pas d'embrasser Pépère… »

Voilà la lettre que je jetai sur le cercueil de ma grand-mère tandis qu'on la déposait dans la fosse, bout de femme rabougrie par la vieillesse et l'usure, Clémentine réduite à sa plus simple expression, la dernière, sorte de grimace apaisée de la mort…

Mais avant d'en finir avec la vie il avait fallu la commencer, et ce n'était pas son fort, à Clémentine. Issue de la campagne bretonne, Bédée, un village connu pour rien où paissaient les vaches et la routine agricole, Clémentine née Vauléon n'avait qu'une idée en tête, quitter cette maudite campagne qui lui bouchait l'horizon.

Sa sœur Julia garda la ferme et se maria avec un arsouille local, estampillé Tonton Marcel, qui, quand il ne roulait pas dans le fossé avec sa 2 CV, jouait de l'accordéon à tour de bras, fin rond de préférence, tandis que ses sœurs tentaient en vain de papoter.

« Tonton Marcel dans le fossé ! » est une des premières joies locutives de ma vie. Il faut dire que le bougre n'y allait pas de main morte, un de ces champions de bistrot qui font les gloires et les légendes de la breizitude profonde.

Enfin, avec ses beaux yeux verts, Clémentine avait réussi à fuir la ferme — madame avait des goûts de duchesse — et pour ça s'était mariée avec le premier venu, buveur lui aussi et fumeur invétéré, qu'on surprenait à tout coup les mains dans les poches et qui avait, de surcroît, l'avantage d'être boucher.

Aujourd'hui ça a l'air à moitié nase mais, à l'époque, c'était la main sur la bidoche et, en ces temps reculés, cela valait, passez-moi l'expression, son bout de gras.

Un bon parti, alias « Pépère ».

Clémentine Vauléon allait ainsi devenir Madame Girres, propriétaire de la boucherie de Mortain, un village de la basse Manche qui n'avait franchement rien de mieux que Bédée mais, on l'a dit, Clémentine avait un mari et une situation. On les avait présentés l'un à l'autre en leur disant qu'ils feraient un excellent ménage, ils n'avaient pas fait d'histoires. L'amour n'avait pas beaucoup d'importance. C'était Pépère ou les bouses de vache.

Ce qu'il ne savait pas, c'est que Clémentine avait peur de tout, et même du reste.

La bondieuserie n'était pas étrangère à cette tétanie — ça bigotait ferme dans la campagne bretonne — mais aussi les bombardements alliés qui, durant la guerre, avaient ravagé la région (la « cuvette de Mortain », sanglant épisode de la bataille de Normandie où les Allemands avaient lancé une terrible contre-attaque du côté d'Avranches). L'alerte donnée, Clémentine allait se réfugier avec les villageois dans les grottes voisines et, son premier enfant sous le bras, prier son Dieu en pleurant de terreur. Les bombes pleuvaient, les morts s'empilaient, des connus, des inconnus, des femmes, des enfants démembrés : la guerre.

Les bombes alliées l'épargnèrent finalement mais, duchesse ultrasensible capable de pleurer à toute occasion et à la moindre entourloupe de la vie, elle tremblait encore au souvenir des explosions.

Voilà pourquoi, les soirs d'orage, Clémentine s'enterrait dans le lit de la maison en serrant fort ses deux enfants, secouée d'épouvante, geignait en sanglotant, comme quoi la foudre allait s'abattre dans la seconde sur la maison, que c'était un miracle qui n'allait pas durer, mon Dieu mon Dieu épargnez-nous ! que le tonnerre déchirait le ciel à en retracer les voies lactées, que les ondes allaient leur décrocher les oreilles, qu'elles ne tenaient plus qu'à leur lobe, Sainte Marie Mère de Dieu épargnez au moins mes enfants ! Pulvérisez-moi la couenne, retirez-moi les os mais épargnez mes enfants ! que c'était joué d'avance, raide foutu, qu'ils allaient tous mourir sous les coups de la foudre, et dans d'atroces souffrances encore !

Pour compléter le tableau, la bonne priait à genoux au pied du lit où Clémentine gémissait tous ses saints, pleurant elle aussi à bouillons hoqueteux :

— Dites madame Girres qu'on va pas mourir ? ! S'il vous plaît madame Girres qu'on va pas mourir ? !

Les enfants en vomissaient de trouille.

Pépère, lui, fumait ses clopes en arpentant le salon, les mains dans les poches, comme à son habitude, se demandant où il était tombé…

Une peur maladive, qu'on ne refilerait pas au chien du voisin.

Les enfants grandissant, elles ne purent :

— faire du vélo (avec toutes les voitures qui zigzaguaient sur la route pour écraser les fillettes à bicyclette, les pauvres petites ne tiendraient pas cinq minutes en selle) ;

— apprendre à nager (je rappelle aux étourdis qu'on suffoque sous l'eau, que si on pouvait y vivre sans danger ça se saurait, qu'on s'appellerait Bubulle ou Glou-glou, que la propriété de l'eau est de noyer, que c'était même pas la peine de discuter : vous êtes déjà resté ne serait ce qu'un quart d'heure sous l'eau, vous ? Ne parlons même pas des vagues, ces espèces de bras tentaculaires à ventouses happeuses, ni des courants meurtriers qui vous entraînaient jusqu'en Amérique, les bulots aux trousses pour vous vider les yeux) ;

— aller toutes seules en ville (les vieux messieurs pervers labouraient de leur omniprésence les trottoirs du bourg, le foutre à la gorge, les petites étaient tellement jolies qu'on allait leur renifler le derrière comme on fait entre chiens, sans parler des voitures qui jaillissaient à tout bout de champ pour un oui ou pour un non, des vélos aux rayons acérés comme des Laguiole qui vous rentraient dedans, et puis des méchantes femmes jalouses qui seraient capables de les empoisonner comme des petits chats) ;

— prendre le car (un bon chauffeur est un chauffeur ivre mort) ;

— aller en promenade scolaire (deux petites filles ! comme ça ! dans la nature ! VOUS ÊTES COMPLÈTEMENT INCONSCIENTS OU QUOI ? !) ;

— faire du scooter, de la voiture, enfin, tout ce qui bouge (bouger tue) ;

— rentrer seules dans une cabine d'essayage (à cette époque on parlait de traite des Blanches, de méchants salauds qui enlevaient les filles, les attendaient derrière les rideaux et hop, disparition générale) ;

— rentrer après minuit (l'heure du pervers sexuel des fesses) ;

— partir de la maison (« Si tu pars, je mourrai ! Je mourrai de peur et tu auras ma mort sur la conscience ! ») ;

— fricoter avec des artistes, prendre des cours avec ce genre de personnes (« ces gens-là divorcent ! ») ;

— s'habiller à la mode (tétanisation du qu'en-dira-t-on, cette vieille plaie campagnarde) ;

— etc.

Cela fera plus tard deux enfants bien flippées, surtout l'aînée, qui avait connu les bombes dans les bras de sa mère, deux jolies jeunes femmes qui bien entendu fuirent avec le deuxième venu l'infernale protection maternelle...

Si l'aînée resta à Mortain, la cadette, qui allait devenir ma mère, quitta malgré tout la campagne basse normande pour la Bretagne et, plus tard, se mit à voyager.

En dehors du fait que, un mois avant la date du départ, Clémentine commençait à pleurer en maudissant tous ces avions qui s'écrasaient aux quatre coins de la terre, qui tombaient comme de la pluie et explosaient en vol pour des raisons inexpliquées, des avions qui se rentraient dedans même des fois, que sa fille allait bientôt mourir d'un crash télévisé, ces voyages étaient pour mon frère et moi l'occasion de passer du temps avec elle.

Clémentine nous gardait en général quinze jours tous les ans : pour être plus précis, nous la gardions quinze jours tous les ans.

L'orage tonnant au loin, elle nous emportait dans son lit en gémissant son bon Dieu que la maison etc., sauf que nous étions deux garçons, deux gars comme on dit, des Celtes comme on le verra.

À neuf et huit ans, on se tenait encore : quand Clémentine, qui nous chérissait au-delà du réel, commençait à trembler dans le lit plein d'orage, nous nous blottissions volontiers contre ses flancs, la chatouillions un peu, pour l'échauffement, après quoi nous lui tirions le gras du cou, son jabot, afin qu'elle rende les poissons qu'elle avait volés, « allez ! rends les poissons ! » on lui ordonnait, elle nous traitait de chenapans, hurlait que c'était affreux de vieillir, qu'avant elle était très belle mais que maintenant elle avait le cou tout mou, « RENDS LES POISSONS ! ON TE DIT ! », ça pouvait durer des heures : si elle résistait on lui chatouillait les côtelettes, aussi sensibles que le reste, elle protestait que c'était de la torture, qu'elle allait faire pipi dans sa chemise de nuit si ça continuait, qu'on n'avait qu'à jouer à « Je te tiens tu me tiens par la barbichette, le premier de nous deux qui… », mais ça faisait longtemps déjà qu'elle avait perdu, trahie par un pet vocal de mon frère, toujours le même, qui vingt ans plus tard garderait le même pouvoir zygomatique :

— Tiens regarde Mamie, je vais te faire rire : pstch.

Clémentine tordue de rire.

Une malade.

Après quoi, sourds à ses suppliques, nous lui subtilisions son dentier avec l'ordre, si elle voulait caresser l'espoir de le revoir un jour vivant dans sa bouche, de faire des grimaces de sorcière. Des vraies, pas des imitations.

La duchesse suppliait, implorait, disait la voix déformée qu'on était des vilains poussins, et sous nos rires extatiques et cruels, finissait par céder.

Ses grimaces sans dents nous amusaient tant que nous en demandions sans cesse de nouvelles, des pires, qui lui arrachaient des hoquets puis des crises de rire proches de l'apnée.

Nous l'adorions méchamment.

Quant à l'orage, il y a belle lurette que tout le monde l'avait oublié.

Nos parents rentraient de voyage sains et saufs, on se demande par quelle opération du Saint-Esprit, et Clémentine repartait vers sa basse Manche, lessivée mais radieuse…

À partir de seize ans, nous nous tenions beaucoup moins bien.

Les parents continuant à voyager chaque année, Clémentine venait se faire garder chez nous, en Bretagne. Nous rentrions le soir de l'école, jetions nos sacs déchiquetés dans un coin de la maison et retrouvions Clémentine autour de la table de jeu, où elle nous attendait depuis quelques heures, en priant pour que nos vélos tiennent le choc, rapport aux accidents qui attendaient sur le bord de la route.

Les parties de belote duraient jusqu'au dîner, sans qu'on la vît jamais gagner — nul besoin de tricher, elle jouait sans ruse, que c'en était comique. Mais les parties de belote étaient surtout un prétexte pour parler de sa vie, et aussi de la nôtre : Astrid et Sophie, nos premières amoureuses respectives, étaient comme ses petites filles.

Fatalement, nous parlions d'elles, et de sexe, avec la ferme intention de lui vider son sac.

Bigote agnostique, Clémentine astiquait Dieu en priant pour qu'Il existe, et toute sa vie avait subi la peur catholique des choses de la chair.

La pauvre femme, il faut le dire, ne s'était pas gâtée. Elle s'était donc mariée au premier venu, Pépère, sans la moindre expérience. Et puis, très vite, comme elle nous l'avoua, « le pauvre Pépère eut des problèmes de verge ». Elle nous la décrivait à moitié pourrie, rongée sur les bords, frappée de maladies à répétition — naturellement, jamais il ne lui effleura l'esprit qu'elles pussent être vénériennes, bien que le bonhomme passât son temps sur les routes, à chercher les bestiaux qui allaient étaler leur viande dans sa boutique, mais surtout à boire des coups avec les copains, de bistrot en bistrot des petits calvas du coin, il avait même une bouteille de Ricard entre les sièges, pour les breaks, et devait, je lui souhaite, culbuter dans les foins la paysanne normande en veux-tu en voilà.

Des problèmes de verge, oui, qui faisaient de la malheureuse une femme peu honorée, voire carrément déshonorée. Difficile d'en vouloir à Pépère : son épouse ayant peur de tout y compris de sa verge, la procréation obligatoire serait leur intime corvée.

Et puis tout à coup, après vingt ans de ce régime sec, Clémentine fit un truc incroyable : elle prit un amant.

Tout le village sitôt au parfum de ce bovarysme agricole, notre bouchère aux pieds nus vécut là le drame de sa vie ; une honte de celles qu'on n'emporterait pas au paradis, une honte entre les jambes qui se voyait depuis Vire, Avranches, une honte ardente qui, à quatre-vingts ans passés, la faisait pleurer encore.

Et quand on lui demandait si au moins c'était bien avec son amant, si elle l'avait aimé et pris du plaisir, Clémentine clignait des yeux comme une possédée, serrait ses vieux poings de toutes ses forces et, le visage crispé jusqu'au chignon, mimait la scène :

— Oh ! mon Dieu mon Dieu ! Faites que ça aille vite ! Mon Dieu ! Je vous en supplie !

L'amour, une expérience qu'elle ne renouvellerait pas, puisque son mari mourut à soixante-six ans d'un cancer de la vessie, un cancer d'alcoolo, et que l'amant en question avait, on s'en doute, changé de crémerie.

Clémentine avait beau sangloter sur le tapis de cartes comme quoi elle n'avait jamais eu de chance dans la vie, si elle comptait nous émouvoir c'était raté.

Nous lui demandions si elle avait déjà sucé Pépère, si elle lui avait déjà mâchouillé le bazar, aspiré, léché, tété, force mimes à l'appui, si elle lui taillait des pipes endiablées malgré sa verge démantibulée, bref, si elle l'avait déjà fait :

— Oh ! non ! s'insurgeait-elle. Ah ! ça non !

— Pourquoi ? on en rajoutait. Allez : la bonne turlute à Pépère !

— Aahh non ! elle faisait la duchesse outragée. Ça, jamais !

Elle tentait bien de nous éloigner en donnant des grands coups de carte mais, penchés sur elle avec des bites imaginaires dans la bouche, nous évitions sans peine ses pauvres moulinets, si bien que sous nos insistances elle finissait par imiter la fellation, tirait le bout de la langue plusieurs fois de suite comme si elle lapait du lait, s'en repartait écœurée, et recommençait, crevant de rire.

— T'as tort ! on lui disait. Une bonne pipe, y a que ça de vrai !

— Ah non non non non !

Elle s'en tordait le chignon.

— Sophie, c'est une grande spécialiste ! certifiait mon frère.

— Et Astrid ! Tu verrais la sucette à l'anis !

— Oh non ! implorait-elle. Ne me dites pas qu'elles font ça ? !

— Des pipes gastronomiques !

— Des pipes en or !

— Des pipes championnes du monde !

— Des pipes miss univers !

— Des pipes t'as honte à la fin !

— Oh non ! non ! Pas la petite Sophie ! elle geignait, au bord des larmes. Pas la petite Sophie !

On exagérait :

— Des turlutes à trois bouches !

— Oh non ! non ! Pas la petite Astrid, qui est si mignonne ! Non ! Non ! Astrid je ne le crois pas !

Elle tentait le tout pour le tout.

— Et elles avalent hein ! on précisait. Des pipes jusqu'au-boutistes !

— Oh ! non ! Oh ! non non non !

— Pourquoi ? T'as jamais goûté de sperme ?

— Ah non !

— T'as tort : c'est bon ! certifiait mon frère.

— Aaaaaaaah…

Clémentine mimait la liqueur divine au fond de sa gorge, la tête relevée comme sous un entonnoir :

— Un gargarisme ! Ah ! un gargarisme !

Elle s'esclaffait en se tenant le ventre, K.O. assise.

— Vous me faites marcher ! tentait-elle alors de se défendre. C'est pas vrai ! Vous me faites marcher !

— Et Pépère, il ne t'a jamais enculée ?

— Hein ? !

— Pépère, il ne t'a jamais enculée ? Tu sais : par le trou de balle !

— Ah ça non ! s'acharnait la duchesse. Non non non ! Je ne lui aurais pas permis !

Tout y passait.

Ne parlons même pas du pauvre Jésus, son idole, Jésus humilié, Jésus traumatisé à vie, Jésus arrosé par tous les spermes, tous les foutres de la Terre, Jésus sodomite, Jésus ravalé au rang de la bête, sa mère la Vierge au quatrième dessous, Joseph tout nu parmi les boucs, Dieu hardeur professionnel… un carnage.

— Et la zoophilie, tu connais ?

— La quoi ?

Il fallut ouvrir le dictionnaire et lire la définition pour que la pauvre femme nous crût. Le coup était rude.

Clémentine prit alors sa tête dans ses mains, comme dépossédée du réel. Sous le choc, elle s'étrangla une dernière fois et, la laque de son chignon toute décollée par l'émotion, s'écria :

— Le monde est fou ! Le monde est fou !

A slip in the night

L'ombre de Staline n'a cessé de se propager partout où des êtres qui n'ont plus d'humain que l'apparence se réfugient dans le nihilisme de l'ennui, l'impuissance agressive et la passivité hargneuse. Chacun devient son propre chien de garde et, pour aboyer et mordre aveuglément ce qui passe à portée, réinvente les caravanes du passé.

Bien que l'État ne soit plus que la caricature de son pouvoir ancien, la plupart des sujets continuent d'entretenir la peur archaïque de l'oppression et d'obtempérer jusque dans la révolte désespérée qui sert d'alibi à leur servitude volontaire.

Partout est éludée la question que posent l'exploitation de l'homme par l'homme et la prédominance de l'ordre marchand sur l'être humain : par quel mépris de soi les gens continuent-ils à s'agenouiller et à subir le sort déplorable où ils se débattent en s'enferrant ? Par quel refus de leur propre jouissance, par quel goût du renoncement et de la mort inclinent-ils, tandis que les rituels de la révolte et de l'impuissante frénésie exorcisent leur terreur, à s'acheminer avec les meilleures raisons du monde, vers l'anéantissement dans une histoire de bruit et de fureur où la déréliction gagne à tous les coups ?

Ce sont les victimes consentantes qui créent les vocations de bourreau. Il n'y a pas de peuples martyrs, il n'y a que des hommes résignés à la servitude volontaire. Et tant qu'ils n'en sortiront pas, armés enfin de leurs désirs de vie, Staline pourra pourrir tranquille...

S'il en reste sur Terre qui ne connaissent pas Raoul Vaneigem, je précise que l'homme est belge et révolutionnaire. Qu'importe si le mot est dévoyé, récupéré par les publicitaires, qu'importe :

Je ne rêve pas d'une révolution douce. Ma passion va à la violence du dépassement, à la violence d'une vie qui ne renonce à rien, non à celle qui, se débondant à force d'avoir été contenue, se replie sur elle-même et se mord la queue avec la rage du chien rivé à sa chaîne. Si je m'assure aujourd'hui que ni le ressentiment ni la vengeance ne viendront armer ma main, c'est dans la tranquille certitude qu'elle frappera sûrement à l'appel des plaisirs. Le feu des désirs brûle mieux que les torches de la rage et du désespoir.

La violence de la gratuité ne s'économise pas. Si quelqu'un me gifle sur la joue gauche, je lui ferai sauter la gueule avant de tendre la joue droite. Il y a plus de superbe sauvagerie chez l'être qu'aucune jouissance ne rassasie qu'en celui qui se sent frustré de toutes et aboie au plaisir des autres. L'énergie du dépassement habite le premier tandis que la rage du second perpétue l'impuissance d'un monde où rien ne change.

Parfaitement.

Raoul Vaneigem n'est pas à vendre. Vous ne le verrez ni à la télévision ni même dans les salons, il a d'autres danseuses que de faire la promotion des idées qu'il prône, affine et aiguise depuis plus de quarante ans. À l'origine, avec Guy Debord, de l'Internationale situationniste, penseur avant l'heure de Mai 68, on retrouvera ses fulgurances sur les murs de la capitale, et partout où la liberté radicale ne consiste pas à refuser de positiver avec Carrefour.

Fille inspirée de l'Internationale lettriste où le fantasque Isidore Isou s'était, par exemple, déguisé en prêtre lors d'une messe à Notre-Dame et avait annoncé, devant un parterre d'intégristes médusés, la mort pure et simple de Dieu, évitant de peu le lynchage, l'Internationale situationniste avait notamment vocation à créer des situations, esthétiques, politiques, révolutionnaires et instantanées.

Raoul Vaneigem perpétue l'irrévérence avec toute la puissance d'une machine désirante. Il est du côté des femmes, des animaux, des libres-penseurs, ceux que la joie dévore comme des varans à la curée. Il y a de la voracité dans le bonhomme : ce n'est pas un hasard si ses pensées sont si semblables à l'acte d'amour — forniquer, baiser, niquer dans l'apothéose des corps, sachant que l'âme y est fourrée jusque-là.

Exit Dieu et tous ses vieux tours de magie éculée, exit. Place à la vie dans tous ses sens, à la démesure qu'on retrouve en culbutant son idole du moment, place à la foudroyance de l'instant et aux caresses qui le suivent. La vie au bout des doigts et le membre en plein dedans, la chaleur qui l'anime comme arme du poète, et mort à toutes formes d'économie.

Dépenser — des pensées.

De la violence, oui, car la vie est violente — je rappelle aux croyants qu'on en meurt. La réponse au monde mortifère et mercantile par l'amour radical, choisis ton camp camarade et ne faiblis pas, l'instinct de vie prioritaire en tout : EN TOUT.

Facile à dire, hein, sauf qu'il le fait. Ou plutôt il le vit…

La première fois que j'ai rencontré Raoul Vaneigem, c'était chez un ami auteur et sa femme. Clin d'œil typique de l'histoire, Raoul Vaneigem avait ce jour-là soixante-huit ans : c'est donc tout naturellement que nous l'attendions en buvant du vin.

Je ne l'avais jamais vu, pas même en photo. Lui qui avait tant compté dans mes lectures et mes postures, je l'imaginais l'œil électrique, fiévreux, avec quelque chose du colosse dans la trajectoire, les mots dans la bouche comme la flamme du dragon : je vis arriver un petit homme rond aux cheveux blancs, se déplaçant avec une tranquille assurance, l'œil malicieux d'un bleu vif, à ciel ouvert. Mettant par principe de départ tous les hommes et femmes au même niveau, je n'avais pas d'appréhension spéciale à le rencontrer, et son drôle d'accent belge me le rendit aussitôt familier.

Nous avons donc bu du vin en discutant le coup avec les amis, comme quoi nous formions une sacrée brochette de jeunesses — il va de soi que la jeunesse est un parti pris, il suffisait de le voir. Je lui donnai à l'occasion mon dernier livre, où on pouvait lire en exergue « Partout où n'émane pas spontanément la poésie individuelle, s'étend l'ombre du crapaud crucifié de Nazareth », tiré de son célèbre *Traité de savoir-vivre à l'usage des jeunes générations*, avant de le raccompagner vers le métro où j'allais aussi.

Ravi de partager sa compagnie, je lui parlai de la force de ses livres qui m'avaient mordu la cervelle lors de mes récents déboires affectifs et sociaux. Tout ça n'était pas vain : même si on prend l'eau de tous les bords, à le lire on se sent porté, soulevé, tiré hors de l'eau et ramené sur la berge des désirs, cette terre ferme où il fait chaud vivre.

Mon chemin était le bon : Vaneigem me l'avait rappelé à toutes les pages, même et surtout entre les lignes.

Le bougre voyait ce que je voulais dire.

Nous nous séparâmes au métro suivant.

J'étais bien content de cette journée. La vie est belle de rencontres, et celle-ci comptait triple. Ma puissance de vie s'en trouva confortée à la base — du ciment sous les plaines —, et la base toujours en mouvement…

La seconde fois où j'ai rencontré Raoul Vaneigem, c'était dans une maison de campagne en Champagne, à la fête du mariage civil de nos amis communs. Il faisait beau, les amoureux s'embrassaient comme s'ils venaient de se rencontrer, avec des sourires à découper les gâteaux. Nous trinquâmes allégrement tout le long de la journée, si bien que nous étions fort gais à l'heure de l'apéro. « Raoul » me dit alors qu'il avait lu mon bouquin, *Plutôt crever*[1], qu'il lui avait bien plu, que ça lui rappelait un peu Manchette… Carrément.

Raoul, si tu veux que je te serre fort dans mes bras en faisant trois fois le tour du pâté de maisons pour t'appendre à voler, si tu veux qu'on danse un slow, faut le dire tout de suite !

Nous bûmes dès lors à toute berzingue, jusque tard dans la nuit, à la santé du feu et de nos flammes.

À propos de flamme, Raoul était venu avec sa compagne et leur enfant, dont les dessins à la folle

1. Folio Policier n° 423.

imagination parlaient mieux que tous les discours. Vers deux ou trois heures du matin, le joyeux révolutionnaire alla retrouver sa compagne endormie, abandonnant les derniers noceurs à leur destin de tonneau.

Nous avalâmes encore quelques vases, pour être bien sûrs qu'on était pleins, à la santé de n'importe quoi.

Une heure plus tard, je grimpai à mon tour l'escalier qui menait à l'étage, prenant soin de ne pas trop faire grincer le parquet, tout en tâtonnant dans le noir. Je n'avais pas trouvé la lumière, ou plutôt la lumière ne m'avait pas trouvé, il n'y avait que la lueur blafarde de la lune par la lucarne pour me diriger et le palier qui avançait à grands pas... Une ombre surgit alors de la chambre voisine.

Malgré mes soûleries, je n'eus aucun mal à reconnaître la silhouette rebondie de l'ami Raoul qui, à demi nu mais toujours vert, cherchait la salle de bains. Je ne vis que son slip à la lueur de la lune : un slip blanc, kangourou, qui traversait la nuit comme un fantôme amoureux...

Mort aux années quatre-vingt
(mort jusqu'au bout des seins)

J'ai grandi dans les années quatre-vingt et j'encule Casimir. La formule vaut son poids de baudruche mais savez-vous ce que c'est que d'avoir grandi dans les années quatre-vingt, dans un monde en faux où l'on vous disait en face qu'écraser la gueule de l'autre était la superclasse ? Que se remplir les poches était la seule liberté ?

Cette agressivité crasse, cette pauvreté intellectuelle et morale est née dans les années quatre-vingt.

Le début de la fin du journalisme, le sacre des présentateurs et des animateurs, Jean-Claude Bourret, le sex-appeal d'une tanche distillant l'info comme une piquette en tête de gondole, Guillaume Durand demandant aux téléspectateurs de La Cinq si, Sergio Leone venant de mourir, ils étaient contents de la fin des westerns (!), Berlusconi déjà, que les journalistes sportifs trouvaient épatant tant il savait garder le sourire intact malgré la défaite de son club en finale de coupe d'Europe,

« Ah ! ces Italiens : quelle classe ! », je les entends encore ces débiles, la déréglementation mondiale du marché financier assurant une fluidité totale des transferts de capitaux — source d'enrichissement pour une élite et du concept de chômeur jetable pour les autres —, le début de l'ère du supermarché, Thatcher qui montrait son humanité en laissant ses prisonniers politiques mourir de faim en prison, les murs barbouillés de merde, son ami Reagan lançant ses escadrons de la mort pour étouffer toutes velléités démocratiques en Amérique centrale, ces deux-là expliquant au monde qu'il fallait dorénavant suivre le nouveau modèle libéral, un truc qu'ils avaient spécialement pensé pour nous, pas un capitalisme à la papa où l'on nourrissait encore un peu la famille, non, un nouveau on nous a dit, celui où les autres peuvent toujours aller ramasser les miettes s'il en reste, celui qui aujourd'hui nous ravit tant... Des serial killers ces gens-là, qui n'ont jamais vu les cadavres de leurs victimes. Hitler non plus n'a jamais visité Auschwitz.

Au lieu de les juger pour malfaisance contre l'humanité, on peut encore louer la vieille Anglaise pour une soirée, épater ses dindes et écouter son venin — je ne me souviens plus de ses tarifs, mais elle vaut encore au moins trois Gorbatchev...

De quoi écœurer à vie.

Et puis Tapie, le Paris-Dakar, Sabatier, *Dallas*, Malibu Beach, Véronique et Davina, la culture pub, le « Vive la crise ! » des soixante-huitards repentis, Luc Besson, la 205 Peugeot, BHL, même le son du rock avait pris de l'autobronzant ; les batteries électroniques, le vibrato dans les solos de guitare, les productions Bontempi, il n'y avait bien que les rescapés du punk et de l'Alternatif à pourrir un peu l'ambiance, et quelques vieux sorciers.

Heureusement, chaque chose a son revers : grandir dans ces années de plastique forge le caractère. Quelle étrange sensation de découvrir le monde avec le sentiment d'être tombé dans une époque minable, sans cœur ni générosité, et que ce n'est pas la bonne…

La vraie vie est ailleurs, disait le poète.

Eh bien je serai autre.

Je ne comprends pas bien qu'on s'étonne s'il arrive ce qui arrive : la génération qui pousse derrière celle des années soixante-dix aujourd'hui au pouvoir est une génération de merde, pur produit des années quatre-vingt. Fric et toc en barre, on n'est pas près d'en sortir : car quand la génération en question, la mienne, va prendre le pouvoir, ça va être pire.

Ceux qui suivent pourront crever le ventre ouvert, comme les Irlandais avec Thatcher.

Parfaitement.

La violence, les incivilités, le ressentiment devant sa propre misère sexuelle, les agressions verbales ou physiques envers les femmes, la barbarie banalisée, le racisme ordinaire, le fascisme de renard qui nous tend les bras, ce n'est pas tant le contexte socio-économique actuel qui est en cause que les remugles de ces années d'idéologie réactionnaire et d'impunité devant la bêtise et la malfaisance caractérisées.

Aussi ne comptez pas sur moi pour rentrer dans la combine. Comme dit Iggy Pop : si je vais en Californie, c'est pour baiser des serpents à sonnettes.

Mort aux années quatre-vingt : mort jusqu'au bout des seins !

Tout doux Bijou

J'aime bien me promener avec ma fille sur les chemins douaniers qui longent l'océan, en Bretagne. L'eau y est froide, tant mieux pour nous, l'air toujours vif.

Ma fille a dix ans : c'est elle qui répare le câble, elle qui me dit « mais oui mon petit papa, mais oui, ça va passer… » quand elle me voit comme ça hurler à la mer, les bras comme des arcs tendus au-dessus du vide, *oh ! non, ce n'est pas moi qui clame, c'est la Terre qui tonne !* Sa petite main de rien me tapote le dos, comme quoi il faudrait se calmer la marmite, que je m'échappe à vue d'œil, qu'on me voit fumer à des kilomètres, qu'il est temps de s'arrêter, maintenant, avant de devenir complètement cinglé, que ça lui fout un peu la honte de me voir comme ça, et puis tous ces gens qui nous regardent, elle connaît l'animal, « là… tais-toi… », elle sait bien que sans ça je vais redoubler ma performance, pas plus tard qu'illico, crier de plus belle à la mer écrasée et au monde pour ne pas éclater, exploser dans tous les sens, tomber raide Nietzsche à Turin, que ça va pas être possible autrement, le ventre caillassé de l'intérieur, comme elle vient comme elle vient, c'est bien joli la vie comme elle vient, sauf que coincé dans la gueule ça ne s'expulse pas à la volée, et tous les branchements électriques qui prennent feu et se court-circuitent, c'est mission impossible, qu'il est même hors de question que je me calme, que ce serait même dangereux, avec tous ces innocents autour qui n'ont rien demandé, qui n'ont pas payé pour le spectacle, des gens qui n'ont même pas de tickets, ils n'ont pas envie d'avoir des bouts de projections collés sur le museau, ce n'est pas moi qui crame c'est le corps qui cogne, un volcan à cols hors catégorie, un qu'on n'escalade pas sans un entraînement dans les Carpates, soufre et fumées blanches navigateur d'eau trouble, que le fond de l'air en sentirait presque l'odeur de la mort, les senteurs entêtantes des fleurs calanchées, tous ces vides spectraux dans le corps, de l'air dévitalisé comme si le vent avait poussé son dernier souffle, des évaporations de chaleur à pleins champs et des larmes en silex pour y foutre le feu, tabula rasa à tous les étages, et passent les robes des femmes sur l'horizon teint, celles qui ont fleuri et pourri elles aussi, les femmes qu'on serre encore fort dans la gueule avant de les cracher comme un chewing-gum qui n'aurait plus de goût, et qu'on aime quand même pour ça, par-dessus tout, des femmes mortes à la pelle, des mortes pour ainsi dire évaporées, le pétale sens dessus dessous, des femmes qui n'avaient rien demandé non plus et qu'on retrouve là, au bord de la mer, poupées pêle-mêle l'amour strangulé sur un tapis de lichen tiède, des victimes qui avaient pourtant mis la gomme, pas des filles en dentelle de Penmarc'h mais des totems pur métal hurlant lancé comme un caillou à la baille, des femmes aux arêtes vives qui me poussent dans les coins, qui me submergent à sec, maître des récifs pour ainsi dire oiseau aptère, j'erre, non ce n'est pas moi qui clame c'est la Terre qui tonne, René Char le colt à la ceinture mordant la nuque des collabos, *celui qui regarde le lion dans la cage pourrit dans la mémoire du lion*, les embruns montant du vide m'apaisent à peine, non, le sel m'a rendu fou, comme ces tigres mangeurs d'homme à la cervelle rongée par le pH de la rivière, j'ai bu l'eau du naufrage, un coup de sang, *notre destin de chair absorbé par notre destin d'ombre*, les mots d'Hyvernau aux crocs des bouchers et le ciel au placard, elle est belle la vie, des instants branlants, décoratifs, usés jusqu'à la corde, tous ces cadavres qui grincent aux entournures, leurs sourires muets, des visages compliqués, paysages à l'horizon renversé, ils passent sur le sentier sans nous voir, les pauvres fantômes féminins, tout maquillés de rouille, des trous noirs dans le corps pour les tués à la mitrailleuse, ils fuient ma chair comme pris de peste alors qu'ils battent encore, doudous le cœur crevé au fond d'un fossé et le fossé qui se relève, les embruns courent à leur suite, que j'en ai le souffle envolé, dames de haute voltige pourchassant nos vieux rêves d'amour, mais l'amour s'est lassé, foutu, à la casse, leurs étreintes leur parfum à la peau, ils s'agrippent mais ne retiennent rien, ils sont sans mains, de l'eau de fantôme qui coule du ruisseau, plus la peine de se demander où courent leurs cheveux, si leurs palpitations colorées font toujours battre la pluie, petites sœurs cabossées, à qui la faute, je ne sais pas, ce n'est pas moi qui clame, c'est la Terre qui tonne !

Alors, juste avant l'explosion, sa main de dix ans me tapote amicalement l'échine, comme si j'étais poney :

— Là... Là... Ça va : c'est fini ?

Un ami brut

Lionel C. est, comme on dit dans les bistrots, une sacrée vedette. Ce n'est pas tant sa soif insatiable, sa consommation de substances chimiques ou son assiduité auprès des femmes professionnelles ou non qui impressionnent que sa vitalité morbide, symbolisée par le bandeau de cuir noir qui lui traverse le visage — une nuit d'ivresse, à trois sur sa moto Guzzi, il s'est empalé sur la branche d'un arbre, qui lui a démoli la moitié du visage.

L'acharné était sorti du coma trois jours plus tard, plus remonté que jamais : « Ah, c'est comme ça… On va voir ce qu'on va voir… »

Fort heureusement pour lui et les folles qui allaient l'aimer, sa belle gueule de tueur en goguette s'était plus ou moins rafistolée. Fini la broche qui lui tenait les pommettes enfoncées sous le choc, la tête boursouflée de travers et les pansements sur l'œil manquant. Un bandeau de cuir noir compléterait sa panoplie de pirate.

À bien réfléchir, c'était même rudement pratique, ce bandeau : avec lui la menace serait constante, au moins le monde entier était prévenu, on ne pourrait pas dire qu'il agirait en lâche, c'était inscrit noir sur blanc qu'il y aurait du flibustier dans l'air : très commode !

Dès lors, accrochez-vous pour lui faire quitter sa panoplie.

La vie l'avait rendu pirate : elle avait intérêt à bien se tenir.

Voir sa prothèse était devenu son tabou, avec le bandeau comme gardien du trésor. Très pointilleux sur le sujet ; quand, après quinze ans de bons et loyaux services, je lui proposai de changer son vieux bout de cuir noir pour un bandeau blanc, j'évitai de peu la mitrailleuse de son œil unique.

Lionel tient à sa panoplie de pirate : c'est la sienne.

Champion hors catégorie de la destruction tous azimuts, Lionel est architecte.

Son premier chantier consista à démolir son appartement, que ses parents venaient de lui acheter : il a commencé par casser les murs les plus voyants, avant de creuser un trou dans celui de sa salle de bains, en face de la baignoire, afin de pouvoir regarder la télévision, installée dans le salon.

Après quoi il poussa les gravats contre les murs porteurs rescapés et un lit dans un coin de l'appartement, où les filles les plus téméraires s'aventureraient désormais.

Chez lui ça sentait le whisky écossais, l'herbe africaine et la femme d'avant. Le reste lui passait par-dessus comme des mouettes à l'abordage.

Comme il n'ouvrait jamais aucun courrier (vous avez déjà vu un pirate ouvrir un courrier d'EDF ?), on coupa d'abord l'électricité, puis l'eau, le téléphone… Sa borgnitude le rendant particulièrement maladroit, Lionel se cognait moustique fou sous le lampadaire, marchait dans les assiettes, renversait tout sur son passage.

Il cassa un carreau, ne le remplaça pas et le vent commença à souffler dans le salon.

Son nid d'amour avait un surnom, « Grozny », ce qui changeait de « La grotte », son ancien logis.

Fidèle à son concept, Lionel fit de même avec son métier d'architecte, plus pressé de forniquer les avocates mariées et les barmaids des bistrots à ploucs situés autour de l'agence que de répondre aux courriers des lecteurs. Rien à cirer de leurs rapports, leurs Bâtiments de France, leurs caisses de retraite, tout le bordel.

Sa vie était un bordel : il vivrait dans un bordel.

Un bordel féminin surtout. Des femmes, des femmes à foison, des femmes de toutes les couleurs, noires de préférence, depuis son voyage au Sénégal — il avait traversé la brousse de nuit, cinq kilomètres dans le noir complet avec un seul œil à moitié bigleux, pour rejoindre le bar du coin, et dépensé là l'équivalent de mille francs, buvant et payant tournée générale sur tournée générale sous les yeux gourmands des Négresses, superbes d'animalité dans leur grande peau de panthère : à trois francs le whisky et malgré sa soif, ça faisait quand même trois cent trente-trois whiskys dans la soirée — des femmes oui, des femmes encore, de tous les genres, de toutes les tailles, toutes les volontaires : après ce n'était plus qu'une question d'ivresse, pourvu qu'elles soient femmes.

Avis aux amateurs : car, croyez-le ou non, elles en redemandent.

C'est que, jouisseur nihiliste doté d'une ironie féroce mais tendre aux heures chaudes, le diable de pirate sait se faire aimer : cinq minutes sous le comptoir ou des heures sous ecstasy, c'est quasi à la demande. Qui veut se frotter au pirate n'a qu'à prêter son flanc.

Pour le reste, il y a des règles et elles sont strictes.

1. Pas de gonzesses en vacances.
2. Pas de week-end à deux.
3. Pas d'amorce de discussion autour d'improbables enfants.
4. Pas de projets, de plans, de trucs comme ça.
5. Pas de révélations sentimentales.
6. Pas de cohabitation.
7. Pas de pudibonderie.

Etc.

Lionel m'avait piraté mon premier amour, esquinté un second et, après plus de vingt ans d'amitié désintéressée de part et d'autre, il me dit toujours des mots gentils comme « tu ne m'as jamais fait rire », « ta façon de manger la Danette me donne envie de te foutre des baffes » ou, plus commun, « tu commences à me faire chier avec tes questions : occupe-toi donc de ton cul ». Un tendre au cœur dur.

Un qui voudrait bien aimer les autres mais qui n'y arrive pas. Un peine-à-jouir dans le genre. Très celte aussi : aux dernières manifs il a défoncé en voiture le barrage de palettes que les étudiants avaient mis au travers de sa route ; la fois où, lors d'un voyage à moto au hasard des Pyrénées espagnoles, on a fait du train fantôme dans une fête foraine, il a arraché le gros marteau de plastique avec lequel le jeune forain venait de le rappeler à l'ordre (on se crachait dessus par wagonnet interposé), et lui a cogné dessus à la volée, à chaque tour un grand coup de marteau sur la tête, jusqu'à ce que le gamin se réfugie dans sa cahute ; la dernière fois qu'on est allés à un mariage, il a fini à huit heures du matin dans le village voisin, poursuivant dans les ruelles un jeune gendarme terrorisé qui avait le malheur de ne pas s'appeler Stéphane, comme Lionel le prétendait, et refusait de « venir ici ! », au bout de son doigt…

Je le laisse faire.

On ne sauve pas un serpent de son venin.

Je le regarde casser ses petits tas de sable, prendre la Terre par les pieds et la secouer jusqu'à ce que le sang lui monte à la tête, jusqu'à ce qu'il n'en puisse plus.

Alors, quand il est tout débordé de lui-même, quand il a perdu la boule, les cartes, le but du jeu, quand il ne peut plus s'arrêter de pleurer sur tout ça, quand il ne peut même plus articuler, à peine respirer, qu'il reste là, hagard, avec ses larmes noires qui en coulant de son bandeau ont déteint sur sa joue, comme drogué, cuit à la petite cuillère, c'est moi qui viens le ramasser.

On parle d'amour. Il écoute un peu. Et puis on boit un coup…

Mon vieux

Petit j'étais vraiment nul : je ne connaissais pas Jacques Brel. J'étais pour ainsi dire amputé, plein de rien, vidasse. Un pauvre gus devant son mange-disques qui écoutait des histoires de Zorro, à mille lieues de la musique et des cris.

Zorro me plaisait plus, pour sa tenue nocturne noire-brillante, ses capes qui le faisaient voler sur son cheval noir-brillant, son loup noir-brillant (même s'il fallait être rudement bigleux pour ne pas reconnaître don Diego de la Vega), sa façon de traverser la nuit noire-brillante en bondissant comme une panthère des toits, mais aussi pour ses activités de poète et de joli cœur auprès de ces dames...

À quatre ans j'écoutais quand même Reggiani — je soupçonne qu'il y avait une histoire de renard dans une de ses chansons — et Barbara, quand ma mère la passait.

J'écoutais surtout des tas de conneries comme Michel Sardou, « ne m'appelez plus jamais France !

La France, elle, m'a laissé tomber ! » pauvre tocard, Claude François, le téléphoneu-pleure, avec cette insupportable voix de gamin fils de divorcés — on ne pouvait pas être plus loin du compte —, aussi Abba, difficile de faire plus mièvrouille, Village People, salut les zouzettes, Annie Cordy, bref, j'écoutais n'importe quoi.

À dix ans, nous écoutions Elvis et Johnny, alors que le rock produisait sa plus formidable décennie, en attendant de festoyer sur le dos de la bête, c'était la soupe populaire des hit-parades.

Et puis mon oncle et ma tante nous firent découvrir Jacques Brel.

Mon oncle surtout le chantait, avec un tel amour que sa belle voix grave enveloppait la pièce, comme le tabac bleu Amsterdamer qu'il recrachait de sa pipe… Rien à voir avec les delermeries bénabariennes de ce début de siècle décidément bien niais, non : il y avait de l'humour vache et du désespoir en bloc dans la bouche captive de mon oncle adoré. Jacques Brel. C'était lui. Ce serait moi.

Les bourgeois pour faire la fête aux cochons, *Les remparts de Varsovie*, cœur en déroute et la bite sous le bras, *Amsterdam*, où l'on pisse comme on pleure sur les femmes infidèles, les occasions de rire, dire des gros mots et de s'envoler en rêvant à des oiseaux roses et blancs étaient légion.

La voix de Brel m'emplissait la carcasse, jusqu'alors tout juste coquille de poussin débile, elle était la voix du père, rugissante en diable, certes teintée de phallocratie mal digérée mais où l'amitié avait toute sa place, déjà déterminante dans ma vie ignare.

Mon oncle m'ayant montré la voix, je découvris le reste seul, sa poésie, sa révolte, sa mauvaise foi, ses rages intactes, sa vitalité, ses obsessions, les femmes, tout le tremblement. La *Radioscopie* de Jacques Chancel, puis un entretien en Belgique, après un concert à Knokke-le-Zoute, allaient finir ma formation.

« Il y a une pollution qui me semble beaucoup plus importante que le fait de savoir s'il faut mettre des détergents dans l'Escaut ou dans la Meuse, c'est qu'on est à la fin du siècle et que l'homme est toujours à vendre… »

Je ne serai jamais à vendre.

« Je connais un million de gars qui vont écrire un livre. Tu vois le gars, il te dit : "Je vends des cornichons pendant encore cinq ans et après j'écris un livre." Tu le revois cinq ans après, il vend des chaussettes, il te dit : "Encore cinq ans et j'écris mon livre…" Moi je dis que, chaussettes ou cornichons, il faut faire les choses. »

Je ne serai pas à vendre, mes livres si. Un jour

« Ce qui compte dans une vie c'est son intensité, pas sa durée. »

J'ai des vapeurs.

« Moi je crois qu'on ne réussit qu'une seule chose dans

sa vie, c'est ses rêves : ceux qu'on avait à seize ou dix-sept ans… Ou plutôt on réalise ses étonnements… »

Écrire, écrire, écrire, écrire, écrire, écrire, écrire, écrire, écrire, écrire, écrire, écrire jusqu'à tomber sans connaissance…

« Ce qu'il y a de formidable dans la vie, c'est que je ne sais pas ce que je vais faire. De quoi j'aurai envie… Si je savais ce que je ferai dans trois ans, ce serait déjà une forme d'enfer. »

Improvisation générale.

« — Ça fait quoi Brel chanté par Sinatra ?

— Oh ! il ne faut pas se voiler la face, on a tous un bon fond de vanité… Mais enfin, on ne se lève pas la nuit pour l'écouter, hein… Ça fait plaisir, quoi : une minute… ou le temps du disque… »

Les pieds sur terre, humble et sans cesse renaissant, la gueule au cul des comètes.

« Un homme qui n'est pas tendre, ce n'est pas un homme. Faut-il être égoïste pour ne pas pleurer… que ce soit de tristesse ou de joie. »

J'ai longtemps réprimé mes (ex)pulsions émotives sous prétexte que c'était la honte, un garçon devait se tenir droit dans ses bottes avec au-dessus le ciel en bleu de travail : non seulement j'avais le *droit* de laisser libre cours à mes débordements affectifs mais ils formaient l'essence même d'un homme, un vrai — pas un banquier ou un assureur. Les femmes le savent, pourtant ce sont elles qui élèvent les petits garçons, et en font des abrutis… Un mystère que je ne saisis guère, hormis comme preuve de leur assujettissement aux vieilles normes de domination masculine…

« La femme a envie qu'on lui ponde un œuf. »

Je n'aurai pas un poussin, mais un chaton. Il se trompait : les femmes sont des mammifères.

« Ce qui compte, ce n'est pas le voyage entre Bruxelles et Hong Kong, c'est de quitter Vilvoorde pour Bruxelles. Une fois qu'on est à Hong Kong, tout s'arrange… »

Je quittai ainsi Montfort-sur-Meu pour Rennes, puis Auckland, pour des tranches de vie valant plusieurs réincarnations.

« Ce qui est vulgaire, ce n'est pas dire des gros mots, ce qui est vulgaire c'est deux jeunes gens qui s'aiment, et le père de la jeune fille vient voir le père du jeune homme et lui demande combien d'argent son fils gagne par mois… »

Je suis pauvre.

« Tout le monde a mal aux dents de la même manière, tout le monde regarde les femmes de la même manière, tout le monde aime ou n'aime pas les épinards de la même manière. »

Sans empathie, rien de concret.

« Qu'on soit roi, ou qu'on dépave les rues, ce qui compte c'est la manière dont on fonctionne dans sa fonction. »

Au maximum du voltage à peine est passé le message au fil du rasoir.

« Un homme malheureux crée le malheur. On dirait un mardi gras qui a mal tourné. »

Le bonheur est subversif.

« J'aime les gens qui fonctionnent avec leur tête et avec leur corps. Il y a des divorcés solitaires : leur corps n'est jamais d'accord avec ce qu'ils pensent... »

Ne pas dire ce qu'on fait mais faire ce qu'on dit, la pratique après la théorie, évoluer au plus près, au plus juste de soi-même, source des joies les plus violentes : ouais.

« La bêtise, c'est la mauvaise fée du monde. »

Jeter sa télévision.

« De toute façon, c'est la fonction qui compte : pas le résultat. Le résultat, on le voit passer : c'est rien. »

Quand j'ai quitté la première fois la Nouvelle-Zélande, je me suis dit que je reviendrais un jour, que je serais écrivain, chez Gallimard encore, et qu'on me paierait pour ça. Je rêvais en bloc. Ça ne coûte rien et ça stimule. Quinze ans plus tard, mon bloc de rêves s'est réalisé, avec en sus l'obtention d'une bourse. Pour couronner le tout, mon vieil ami néo-zélandais me trouva une maison sur une île paradisiaque, une bicoque sur pilotis dans le bush qui dominait la mer, où je pourrais écrire à mon gré... Jamais je ne me suis autant fait chier de ma vie.

« — D'où le tiens-tu, ce moral ?

— De vivre... De vivre. »

De lui j'ai pris les travers : être excessif en tout, pour soi et avec tous.

Brel ne trichait pas : il se contredisait, déclinait des exercices de mauvaise foi, s'enferrait dans des clichés féminins vieux d'une guerre ou deux, mais quand il décidait de chanter il envoyait des boulets rouges, quand il décidait de piloter un avion il passait tous les brevets, y compris ceux qui ne lui serviraient jamais (celui d'un Boeing 747, par exemple), quand il décidait de naviguer il partait faire le tour du monde à la voile, quand il fumait c'était cent brunes par jour, quand il aimait nous voilà.

Brel m'a servi de père quand le mien travaillait, un modèle performant quoique plein de trous, un père fantasmé idéal en somme, un qu'on aurait du mal à prendre en exemple tant ses défauts et ses faiblesses étaient étalés là, mais quelqu'un qui vous guide, le temps de grandir, et vous envoie direct dans les fleurs si vous vous accrochez à sa tige.

Une indépendance souveraine, une discipline de fer, un dur au mal traversé de folies de part en part ; le programme qu'il me mitonnait serait chargé comme une mule de guérilleros, avec un vent de fortune carrée : tiens-toi fort à la barre, je me suis dit, tiens-toi fort à ta barre…

J'ai toujours eu peur de la mort en apnée, de la noyade : aujourd'hui, je flotte.

Merci mon vieux.

La mort de ma vie

Je suis mort le 3 février 1989 à Auckland, Nouvelle-Zélande. Un soir. Franchement, je ne m'y attendais pas du tout.

Expérimentant alors les théories du grand écart, je m'étais fait exempter de l'armée (...) avant de rejoindre mon ami Vincent qui, depuis trois mois, végétait à l'autre bout du monde, dans le bush néo-zélandais — sa tante, mariée à un pompier kiwi, habitait une maison sur pilotis au milieu des fougères et des *pongas* géants...

Suivant ses traces jusqu'aux antipodes, j'avais commencé par perdre mon unique bagage entre Washington et Los Angeles (on le retrouverait une semaine plus tard du côté de Dallas), si bien qu'après un périple à travers le Pacifique, j'arrivai en Nouvelle-Zélande vers minuit, les mains dans les poches.

J'avais prévenu Vincent un mois auparavant sans donner de date précise, et de Tahiti n'avais pas réussi à le joindre : il était temps, me dit-il après un moment d'incrédulité, il allait se coucher.

Vincent vint me chercher à moto, une 500 SR qui deviendrait notre canasson au pays du long nuage blanc.

Nous avions vingt ans, aucune attache spécifique en France et une furieuse envie d'en découdre avec le monde. La Nouvelle-Zélande était magnifique, les plages quasi désertes malgré l'été, les prairies d'un vert Manufrance. Seulement après un mois de recherches et autant de baignades solitaires, nous étions passablement démoralisés.

Les portiers des bars maoris nous refoulaient, expliquant qu'on risquait de se faire manger si on entrait, chez les *pakehas* (Blancs d'origine européenne) la télé braillait sous les yeux amorphes de buveurs peu avenants, les jeunes semblaient n'avoir jamais existé, nulle part, et les jolies filles sur les trottoirs étaient si rares que c'en devenait risible — mal fagotée, grassouillette, la peau laiteuse rougie par le soleil austral, les dents pour ainsi dire sens dessus dessous, la Néo-Zélandaise laissait de glace le Latin de base.

En fait de rencontres, nous côtoyions les insectes du bush, des fous de Bassan et des reines d'Angleterre à chaque coin de rue… De guerre lasse, on commençait à parler d'Australie quand, un lundi midi, nous garâmes notre cheval à moteur devant le Debrett Hotel, et son Corner

Bar, que nous prîmes d'abord pour un salon de thé.

Le barman s'appelait Kieren, un jeune homme à l'esprit vif qui étudiait le droit à l'université d'Auckland, mais aussi le mandarin et un peu le français. Éminemment sympathique. Le bar était vide à cette heure : nous commandâmes une bière, puis deux, avant que Kieren ne dégotte une bouteille poussiéreuse du haut de son étagère, une bouteille de Pernod.

— *What the fucking hell is it ?*

— *Its e tipikeul french alco-hol !*

Curieux de nature, le jeune barman remplit nos trois verres, à ras bord : avec ou sans glace ?

Kieren apprit ce jour-là le mot « dégueulasse », nous qu'il fallait persévérer pour déjouer les apparences. À quatre heures de l'après-midi nous étions bien entendu complètement soûls, si bien que Kieren déclara que, désormais, et cela jusqu'à la fin de notre présence en Nouvelle-Zélande, le bar nous était ouvert.

Moi qui étais parti avec deux mille balles en poche, ça faisait de sérieuses économies.

Le Debrett devint ainsi notre Q.G., où Vincent et moi passâmes dès lors toutes nos soirées. Vint le 3 février 1989.

Comme tous les soirs, une foule joyeuse et bruyante se pressait au comptoir où Kieren faisait notre promotion ; je me tenais près de la baie vitrée qui donnait sur la rue tandis que Vincent parlait avec deux rouquins en cravate, quand je croisai un visage parmi la foule : le visage d'une fille qui dès l'instant me rompit la rétine.

Comme si elle m'avait senti, la fille en question se tourna vers moi et, sans hésiter une seconde, fendit les rangs. Le monde entier disparut sous ses pas. Elle se planta devant moi et dit :

— J'ai mon sac juste derrière toi...

C'était faux, mais je ne l'écoutais pas : ces yeux verts, défoncés, cet incendie... Ce n'était pas moi qui parlais, c'était à peine ma bouche, j'étais un torrent électrique balancé à la baille, le cœur dans la gorge et les cordes pendues :

— Tu es la plus belle fille que j'ai jamais vue de ma vie, dis-je dans un rêve noir.

Elle sourit, visiblement touchée par tant de bêtise.

— Je m'appelle Francesca, répondit-elle.

Je ne voyais rien dans ses yeux verts, que l'infini cassé.

La foudre m'avait frappé méchamment, j'en étais mort debout, pulvérisé aux quatre coins de l'aire de jeu, et l'ange noir qui me faisait face était effectivement le plus bel animal que je verrais jamais, une beauté sauvage à se rouler dans les ronces, rousse auburn sexy en mille, une élégance strummerienne et une intelligence fine noyée sous des litres d'alcool...

— Il y a une fête du côté de Ponsonby, dit-elle. Tu veux venir ?

Venir ? Mais, Francesca, il était tout bonnement hors de question que nous vivions une seconde de plus l'un sans l'autre, accroché à tes lèvres, je culbuterai le monde et ses alentours, non, que ce soit terrible ou sublime, il est hors de question que je te quitte, ne serait-ce qu'un jour... J'étais frappé malade, déjà certain que j'allais le payer cher tant le danger émanait de la splendeur qui m'était destinée.

Le coup de foudre, et le trident dans la nuque.

— Hey Vincent ! criai-je à la foule. Il y a une fête à Ponsonby !

Ponsonby, Tombouctou, la lune, Francesca partout.

Vincent, qui souriait à tout le monde au bout de deux bières, était partant. Je fis d'abord la fine bouche devant ses nouveaux amis rouquins sous prétexte qu'ils portaient des cravates, mais l'un d'eux, qui parlait un excellent français, venait de nous inviter à naviguer trois jours parmi les îles sur le voilier de son grand-père...

Et Ponsonby, tu y penses des fois ?

Nous suivîmes Francesca jusqu'au quartier branché de la ville, une maison ouverte aux quatre vents où une population hétéroclite fumait et buvait avec un acharnement familier. Francesca m'expliqua qu'elle sortait depuis deux mois avec

Ross, un mec aussi beau que lent du cerveau, qui ne lisait jamais un livre et d'ailleurs ne comprenait rien à elle, ni au reste…

— Avec les Européens c'est différent, ajouta-t-elle dans un sourire à fendre les pierres.

J'étais l'impact entre la bûche et la hache, renversé du sol au plafond.

Pourquoi ne l'ai-je enlevée dans l'instant ?

Pourquoi ne l'ai-je pas embarquée sur la moto de Vincent pour une ligne droite plein gaz dans le mur chromé que la vie nous présentait ?

J'écrivais moi ! Avec les pieds pour le moment mais ce n'était qu'une question de ténacité, le temps jouait pour moi, pour nous, si si, j'étais l'homme qu'il lui fallait, un Européen en plus, je la comprenais mieux que quiconque, je la comprendrais mieux que quiconque, j'étais son reflet dans ma glace, l'inverse si elle préférait, Francesca, Francesca, est-ce possible…

— Je viens souvent au Debrett, me lança-t-elle en guise d'au revoir, avant de partir au bras de son Ross.

— J'y serai.

J'y serais tous les jours.

J'y serais depuis et jusqu'à la nuit des temps.

J'étais amoureux au-delà de l'amour, cinglé au-delà de la dinguerie. Ça faisait presque mal tant de présence absente…

Le week-end en bateau arrivant, c'est le cœur noir que je découvris les îles merveilleuses.

J'y serais.

J'y serais tous les jours…

Oui mais voilà, pas elle.

Une semaine passa.

Puis deux.

Francesca, Francesca, Vincent commençait à en souper de mon ange noir-brillant, d'autant que comme nous étions devenus populaires et exotiques, les filles se précipitaient au Debrett pour expérimenter du Frenchie dans le parc voisin. Je faisais contre mauvaise fortune bon corps, attendant fébrilement chaque soir sa venue.

Je n'avais de fleurs que dans les yeux, mais Madeleine ne venait pas.

Je m'amusais quand même, anéanti.

Et puis soudain Francesca réapparut.

Elle traversa le brouillard que je craignais définitif et vint se poser contre moi, accoudé depuis des siècles au comptoir où Kieren noyait mon désespoir dans l'humour et la joie. Une apparition, encore plus belle et mystérieuse que dans mes souvenirs. Je lui offris un vase de bière qui ne me coûtait rien sinon ses fulgurances dorées, ses yeux d'émeraude qui m'envoyaient par le fond.

Francesca était le sang dans mes veines, son électricité me traversait les fibres, revenait vers elle dans un élan compulsif qui nous tirait l'un à l'autre, je pouvais presque la prendre dans mes bras sans la toucher, et toujours ce parfum d'autodestruction qui flottait au-dessus de nous, qui n'en avions que faire…

On se croyait protégés de tout : des guerres, du mensonge, des assureurs.

On se croyait seuls au monde et le monde passé par-dessus bord.

On croyait tout ça et bien d'autres choses encore, mais nous n'étions pas protégés des copains de Ross : pour la plupart Maoris, ils étaient chargés de surveiller ma merveille adorée.

Si Vincent, rude gaillard de la campagne bretonne, passait en Nouvelle-Zélande pour un gringalet à gros tarbouif, je passais quant à moi pour ainsi dire inaperçu sous les montagnes de muscles polynésiens. Des petits renards comme moi, ils en bouffaient crus à l'apéro.

L'un d'eux m'attrapa par le cou et, l'avant-bras dans la gorge, commença à me tirer vers la porte. Francesca eut beau protester je partais à la dérive, impuissant, je la voyais s'éloigner à mesure qu'on m'arrachait à elle, on n'avait que nos yeux pour s'agripper et du désespoir en bloc opératoire.

On me ficha dehors.

Je voulus crier mais le bras du colosse qui me tenait envoyait valdinguer ma glotte : les mots s'en revenaient bredouilles, allaient se perdre dans la rue, vers d'autres agonies…

— Dégage ! Et tourne plus autour d'elle : pigé, *bastard* ?!

Ils pouvaient toujours me cogner, je ne sentirais rien : j'étais déjà mort, et plusieurs fois encore.

Mais les Maoris montaient la garde, des troncs dans les bras, et leurs regards cannibales me conseillaient de passer mon chemin…

Je ne revis plus Francesca.

Je cherchai mon ombre et ne la trouvai pas, guettai les signes, n'importe quoi.

En vain.

Je ne la reverrais pas.

Les semaines passaient et la date fatidique approchait, celle qui marquait la fin de notre séjour en Nouvelle-Zélande : nous devions partir, la chose était entendue, nous n'étions ni britanniques, ni affiliés au Commonwealth, nous n'avions ni travail ni argent, le permis de séjour de Vincent expirait et je me voyais mal rester deux mois de plus ici dans l'unique espoir de retrouver mon fantôme…

En attendant, Francesca fantasmée constituerait l'héroïne féminine de mon futur roman *Haka*[1] : Eva, en tout point semblable à Francesca, une femme « née vingt-six ans plus tôt, qu'on avait posée quelque part comme un objet précieux dont on se lasse, et qu'on avait fini par oublier. Eva. Rompue à tous les plaisirs, elle s'était résolue

1. Folio Policier n° 286.

à vomir sa libido sur un fils à papa les poches pleines et la tête creuse, sorte de James Dean sans drame qui l'avait menée à l'est de nulle part… ».

Ross.

J'imaginai Francesca/Eva un soir, lors d'une garden-party chez le procureur du district, tombant sur un séduisant dealer de poudre, John, un peintre épileptique qui convoquait ses modèles sur la plage isolée de Kare Kare, connue pour ses vagues et ses courants mortels. Plus tard, soupçonné du meurtre d'une fille ayant servi de modèle, John s'introduirait jusqu'au lit conjugal où, dans un coup de folie, il tuerait le mari d'Eva, avant de balancer le corps par la fenêtre et filer avec la belle cinglée jusqu'à son refuge en bord de mer… Là, il pourrait la peindre quand elle dort, derrière sa vitre teintée, les veines ouvertes… Des tableaux de sang…

Francesca me faisait délirer marteau.

Mais futur personnage de roman ou non, il fallait poursuivre notre tour du monde. Nous étions déchirés comme on peut l'être à vingt ans, et n'avions pas du tout envie de quitter le pays : Vincent avait rencontré Sue, une charmante kiwi, après plusieurs mois nous avions des amis qui se battaient pour nous faire découvrir les plus beaux coins du pays, nous avions nos entrées au Sirene, la boîte de nuit où je passais mes nerfs sur d'autres filles, bref, nous voulions devenir néo-zélandais.

Vincent refusant de perdre la raison, le départ était fixé pour le dimanche.

Le samedi midi, lors de notre traditionnel *french meal* (il suffisait de cuisiner n'importe quoi pour que les kiwis trouvent ça *just fantastic* !), je tentai une dernière fois de corrompre mon ami :

— Allez Vincent ! On s'en fout ! On repart pas : on reste. Allez ! Même en clandestins, on s'en fout ! Allez !… Vincent !

Mais j'avais beau avoir le cœur crevé, Vincent ne voulait pas risquer l'expulsion. Francesca m'était perdue à jamais…

Nous passâmes notre dernier soir en Nouvelle-Zélande, lui dans les bras de sa Sue, moi au Sirene, où je dansais de tristesse, en transe. Vers trois heures, je marchais au hasard d'une allée quand je vis une silhouette onduler devant moi : cette silhouette… Les câbles électriques qui jaillissent de son dos, qui m'accrochent, toutes ces étincelles… Bon Dieu : Francesca.

Je croyais rêver mais je ne rêvais pas. Elle se retourna alors que j'arrivais dans son dos, aussi surprise de nous retrouver là, et sourit. Je balayai fébrilement l'horizon, réalisai qu'elle était seule et la tirai vers un des box de la boîte, déserté par miracle.

Le temps s'était rétréci, contracté, un trou noir. Je ne sais pas combien de temps nous avons passé à parler tous les deux, comme si on se connaissait déjà : une heure ? dix minutes ? Je la vois, elle est là, qui me dit d'un coup tout ce qu'on ne se dira qu'une fois, irréelle et pourtant mienne. Je la buvais à petites lapées, suçotais le diamant de son visage de l'autre côté de la table, effleurant sa main que mon amour caressait, en vain.

Car ils revinrent.

Ils voulaient les clés, les gredins, il était tard et qu'est-ce qu'elle fichait encore avec moi — putain, encore moi ! Ils avaient pourtant été clairs, non ? Je cherchais quoi ? À retraverser le monde les pieds devant et la tête dans l'avion suivant ?

Les copains de Ross attrapèrent Francesca, qui un instant leur échappa : elle posa ses lèvres sur les miennes, avant d'être happée par les chiens de garde…

Je n'en croyais pas mes yeux.

Je n'étais plus que miettes plombées.

Le lendemain, mes dernières suppliques auprès de Vincent n'y changèrent rien. Qu'à cela ne tienne : nous fomentâmes un plan à l'aéroport. Les amis kiwis achetèrent une bouteille de whisky au bar tandis que nous enregistrions les bagages, après quoi nous soûlâmes méthodiquement le naïf Vincent qui, entouré de sa Sue, n'y voyait que ses yeux.

Le vol pour Nouméa était prévu à huit heures cinq : à huit heures sept j'étais dans les toilettes de l'aéroport avec Julian, ricanant de notre tour pendable — Vincent avait vite roulé sous la table et l'avion était parti sans nous, destination qu'importe.

Nous revînmes ragaillardis au bar de l'aéroport, voire pour ce qui me concerne gravement euphorique. Le baiser de Francesca ne serait pas le dernier mais le premier.

J'étais d'accord pour mourir avec elle — vivre, on verrait bien.

Je la retrouverais. Et on s'aimerait dans les bulles de sang. On s'emmêlerait les veines, on s'échangerait les plaques tectoniques, on se laverait dans l'autre, on… À huit heures quinze, deux hôtesses déboulèrent au bar de l'aéroport, paniquées :

— C'est vous les Français qu'on attend en bout de piste ?!

— *No it is.*

Furieuses, les hôtesses nous ont littéralement tirés du bar et, sans presque nous laisser embrasser nos fidèles, acheminés *manu militari* jusqu'au Boeing qui nous coupait la vie en deux…

On est arrivés trois heures plus tard à Nouméa avec la gueule de bois, tristes comme des chiens perdus.

Je n'ai jamais revu Francesca.

Mes lettres ne servirent à rien.

Plus rien ne servait à rien.

Une partie de moi est morte sur sa bouche…

Lors de mon dernier séjour à Auckland, j'ai demandé à mon ami Julian ce qu'elle était devenue — treize ans étaient passés — s'il avait des nouvelles… Julian me répondit que oui : Francesca était encore plus belle aujourd'hui (?!) mais elle avait vécu une période difficile : elle était tombée amoureuse d'un braqueur, un type qui avait tué des gens, et qui dealait de la poudre. Il avait pris quinze ans de prison. Francesca, elle, s'en était sortie de justesse. Depuis, elle est devenue peintre…

John… Eva… Maintenant c'était sûr : je suis passé à côté de la mort de ma vie.

Le baiser du feu

— Michael ?! crie-t-elle de sa voix de perruche. Michael dépêche-toi, tu vas être en retard !… *Darling* ?

— Oui Margaret…

Je me brûle les lèvres sur le café, trop chaud. Un café lavasse, vaguement marron. Celui de ma femme. Après quoi je me sniffe un rail de coke sur le bar de la cuisine.

— Tu as pensé à sortir les chiennes ? lance-t-elle depuis le salon.

Les chiennes aussi sont à elle, deux boxers ratatinés qui, en passant, vous laissent des traînées de bave sur le pantalon.

— Oui ! Elles sont dans le parc !

— Tu leur as donné leurs croquettes ?

— Oui, oui…

Sept heures deux. Je croise mon reflet dans la vitre du four, enfile ma veste, vérifie une nouvelle fois le contenu de mon attaché-case, comme si j'avais pu oublier quelque chose, et boucle le tout — ma vie, finalement, tient dans un attaché-case…

Depuis la pièce voisine, Margaret soliloque :

— Tu ne viens pas m'embrasser ?

— Je suis en retard !

— *Darling* ! fait-elle sur ce ton de faux reproche qu'elle affectionne.

Je rejoins ma femme dans le living-room. Alanguie sur le sofa à fleurs, Margaret se tient bras ballants, comme prise de vapeurs. Son style.

— Qu'est-ce que tu as encore sur le visage ? dis-je en la voyant.

— Une crème à base de shiitake : des champignons japonais.

— C'est horrible.

— Peut-être mais ça maintient la peau ferme, rétorque-t-elle dans un sourire de cosmétique. Que diraient tes clients s'ils te voyaient avec une vieille femme décatie ?!

— Rien, probablement.

Margaret a cinquante-deux ans. Ce n'est pas qu'elle soit mal conservée pour son âge : non, le problème, c'est précisément son âge. Nous nous sommes mariés douze ans plus tôt, alors que je n'étais qu'un petit avocat fiscaliste boursicotant pour le compte de grosses légumes. Depuis, Margaret s'est épaissie mais ses yeux brillent toujours pour moi :

— Embrasse-moi avant d'aller travailler !

— Où ça ? Il y a de la crème partout...

— Fais-moi un baise-main ! minaude-t-elle en tendant ses veines bleues. Comme quand on s'est rencontrés... Michael : tu te souviens, la cour que tu me faisais !

— Ton père avait de l'argent.

— Oh ! *Darling* !

— Je blague ma chérie...

Je baise la main de ma femme qui retombe, feuille morte, le long du sofa.

— Il faut que je file.

— Va *darling*, va... Au fait, se ressaisit-elle : tu n'as pas oublié qu'on est mercredi et que le neveu du sénateur vient dîner ce soir avec sa femme ?

— Cette truffe...

Ma femme hoche sa tête de vieux Polichinelle :

— Oui, eh bien en attendant, c'est lui qui a interféré en ta faveur pour le contrat du Mexique !

— Vu le chèque de soutien versé au parti du sénateur, c'était la moindre des choses...

— Michael !

Cette manie de me réprimander comme un vilain garnement ne m'agace même plus.

— À ce soir.

— À ce soir *darling*, dit-elle dans un sourire ravi.

Margaret adore quand je lui fais mon regard de velours. Je lui adresse un signe de la main et la laisse à son magazine. Je vais passer le pas de la porte quand elle dit dans mon dos :

— Je t'aime *darling* !

C'est ça.

Je pose l'attaché-case sur le siège avant de la Pontiac et claque la portière. L'horloge électronique affiche sept heures huit. Les deux chiennes accourent depuis le jardin, gracieuses comme des sportives en robe de soirée.

— Salut les boudins, je lance par la vitre ouverte. Et soyez gentilles avec la vieille…

Les boxers agitent le moignon qui constitue leur queue en reniflant violemment, comme si l'air était du soufre. J'ai à peine un regard pour la maison où j'ai vécu les années les plus fructueuses de mon existence : je roule jusqu'à la grille automatique, escorté par les chiennes qui, comme tous les matins, aboient en me voyant m'engager dans la rue, toute bave dehors.

Jamais pu encadrer les clébards…

Le soleil est encore tiède mais je crève de chaud. La Pontiac roule à allure réduite sur la file de gauche quand je compose un numéro sur le kit mains libres de mon portable. Peggy, ma secrétaire, décroche aussitôt.

— Écoutez Peggy : il faut que vous annuliez tous les rendez-vous pour aujourd'hui. Dites que je serai de retour demain à la première heure, qu'un contretemps d'ordre familial m'a retenu et que je ne serai pas disponible d'ici là. Vous avez compris ?

Peggy n'est pas une lumière.

— Annuler tous les rendez-vous ? ! Mais monsieur Boorman, c'est aujourd'hui que doit être signé le…

— Je sais bien que c'est aujourd'hui, la coupé-je : je vous dis que je ne peux pas être là. Prenez-en note.

Son embarras suinte du silence.

— Pardonnez-moi d'insister monsieur Boorman, dit-elle bravement, mais MM. Longford et Christie ont fait spécialement le déplacement de Chicago, il est trop tard pour annuler… ils doivent être déjà dans l'avion et…

— Mademoiselle Cohen, je ne me répéterai pas : excusez-vous en long, en large ou en travers, mais débrouillez-vous avec eux ! C'est un cas de force majeure, et je n'en sais pas plus pour le moment : dites à ces messieurs que je serai de retour demain à la première heure, sans faute, et qu'en attendant mon associé est à leur disposition. C'est compris ?

Peggy déglutit ce qui lui reste de salive :

— Bien monsieur Boorman… Et… M. Price ?

Eddy est mon meilleur ami. On a commencé ensemble chez Arthur Andersen, et quitté le navire juste avant la faillite frauduleuse. Un sacré paquet de fric qu'on s'est fait avec les Big Five. Grâce à Eddy. Mon associé. Eddy Price, le fiscaliste le plus brillant de Boston qui, en épousant la sœur de Margaret, est devenu mon beau-frère…

— Je le préviens moi-même, répondis-je à la secrétaire avant de raccrocher.

Mes mains tremblent sur le volant. Il faut absolument que je me calme. Penser positif. Mes sautes d'humeur m'ont déjà joué de vilains tours et, ce coup-ci, je ne tiens pas à tout foutre en l'air… Je stoppe à un feu rouge, regarde les écoliers traverser les zébras en me disant que je m'enverrais bien une petite ligne… Le feu passant au vert, je prends la direction de l'aéroport.

La circulation est fluide sur la quatre-voies, ma respiration aussi : je compose le numéro d'Eddy.

Mon associé est d'excellente humeur. Il y a de quoi : avec les deux gros clients qui viennent signer aujourd'hui, notre cabinet va exploser tous les plafonds.

— Eddy, dis-je d'une voix embarrassée, j'ai un problème. Un sérieux problème…

— Ah ?

— Je ne vais pas pouvoir venir pour la signature du contrat.

— Hein ?

— Oui, je sais ce que tu vas me dire mais c'est

un problème d'ordre très privé. Je ne peux pas t'en dire plus pour le moment.

Eddy change de ton :

— Tu rigoles, j'espère.

Ce n'était pas une question.

— Est-ce que j'en ai l'air ?

— Michael, ce n'est pas sérieux, se refroidit-il.

— Je t'assure, Eddy.

— Écoute, on travaille sur ce projet depuis deux ans. L'avenir du cabinet repose sur ce coup de poker : on est en passe de réussir notre pari et tu me dis, le matin même, que tu ne viens pas signer le contrat ? Mon vieux, il n'en est tout simplement pas question !

J'ai toujours suivi son avis, chien fidèle reconnaissant les vertus de son maître. C'est la première fois en quinze ans de collaboration que je lui fais faux bond.

— Je n'ai pas le choix, Eddy.

— Qu'est-ce qui t'arrive ? C'est ta maîtresse qui vient de se taper le vieux ?

Nos vieilles blagues d'étudiant : « le vieux » est notre beau-père commun. Mais ça ne prend pas.

— Non, Eddy, dis-je gravement : je n'ai pas envie de rigoler.

— Alors quoi ?! s'énerve-t-il.

— Je t'ai dit : un contretemps dont je me serais bien passé. Écoute, je ne te demande pas de me comprendre, je te demande juste de retarder la signature du contrat jusqu'à demain.

— Longford et Christie sont déjà partis de Chicago.

— Il faut que tu leur expliques que ce contretemps n'est pas lié au contrat, ni à leurs prestations, ni rien : dis-leur qu'un deuil brutal m'a frappé, que le cabinet leur paie le meilleur hôtel de Boston, qu'ils peuvent faire venir leur famille, ou des putes, nous couvrons tous les frais. Dis-leur. Je t'en prie. C'est une question… C'est une question de vie ou de mort.

Mes veines battent contre mes tempes.

— Écoute Michael, je suis ton associé : tu te rends compte du risque que tu me fais prendre ?

— Oui.

— Imagine qu'ils se vexent. Qu'ils sentent le coup fourré. Qu'ils retirent leur mise ?!

— Évidemment que j'ai songé à tout ça ! Dis-leur d'attendre demain matin, de prendre un peu de bon temps… Je te le demande, Eddy : à toi. Je ne t'ai jamais rien demandé.

— C'est de la folie.

— Si je pouvais faire autrement, crois-moi que je le ferai.

Un frisson climatisé passe dans l'air de la Pontiac. Eddy gamberge à l'autre bout des ondes.

— Moi aussi je joue ma peau sur ce coup-là, dit-il.

— C'est pour ça qu'on est amis, Eddy : les risques, on les a toujours pris ensemble.

C'est vrai.

C'est ma seule chance.

Eddy Price bougonne enfin, en guise d'assentiment.

— Je te rappelle dès que j'en sais plus, conclus-je.

Je raccroche, le cœur comme un tambour. La sueur coule toujours le long de mon dos. Ça va marcher... La Pontiac prend de la vitesse sur l'autoroute. Profitant de l'élan, je compose un nouveau numéro.

— Allô Helen ?

— Ah, Michael !

— Comment vas-tu, ma chérie ?

— Hum ! s'étire-t-elle dans un long miaulement qui sent encore les draps chauds. À vrai dire, je me réveille... Il est quelle heure ?

— Sept heures et demie, à peine.

— Hou !

Helen est architecte d'intérieur. Elle aime les expos d'art contemporain, les vernissages, l'argent, les vins fins et le sexe ; s'il faut me traîner jusqu'à ses toiles pleines de vomi, ses jambes d'araignée vorace m'ont toujours tiré des râles de premier ordre.

— Excuse-moi de te téléphoner si tôt, mais il y a un contretemps pour ce midi.

— Quoi ?

Helen n'est pas du matin. Elle a du mal à reprendre ses esprits mais ça ne durera pas.

— Un gros client qui vient de se déclarer, je poursuis avec aplomb. Le gars est pressé, il vient de Milwaukee, le genre bouseux plein aux as qui rêve de dividendes et de petites pépés : bref, je suis obligé de déjeuner avec lui.

— Hein ?!

— C'est une grosse occasion à saisir ; vis-à-vis de mes collaborateurs et des actionnaires, je ne peux pas refuser ça.

— Michael, c'est nos cinq ans…

— Je sais, ma chérie.

Mais la tigresse qui sommeille sous ses draps fait un retour tonitruant :

— Ça fait dix jours que j'ai réservé chez Vicente ! Michael, je vais avoir l'air de quoi, avec mes cinq années d'amour sous le bras ?

Helen a le sens de la formule et un tempérament de feu : l'exact opposé de cette pauvre Margaret…

— Je suis vraiment désolé, chérie. On ira manger italien un autre jour.

— Oui, seulement ce ne sera plus l'anniversaire de notre rencontre, dit-elle. Et ce soir ? Pourquoi on ne peut pas se voir ce soir ? Hein ?

— Tu sais bien que ce n'est pas possible : Margaret a invité le neveu du sénateur et sa truffe de femme. Impossible d'y couper.

— La salope, siffla Helen.

— Bah… laisse tomber. Margaret est plutôt à plaindre, avec ses chiens baveux et sa crème de champignon sur la gueule.

— N'empêche que tu restes avec elle. Pourquoi ? Hein ? Qu'est-ce que tu lui trouves, à ta vieille femme ? J'en ai marre de cette situation, Michael : cinq ans, ça fait beaucoup de promesses.

— *Time is money.*

— Tu dis toujours ça !

— Je tiendrai mes promesses, chérie.

— Tu divorceras ?

— Bien sûr. Si tu m'aimes toujours…

— Ne biaise pas, fait-elle, agacée, tu sais bien que oui : alors ?

— Oui.

— Quand ?

— Oh ! je t'en prie, chérie, ce n'est pas le moment.

— Ce n'est jamais le moment. C'est quand le moment ?

Helen va avoir quarante ans. Deux ans que j'en entends parler :

— Un jour, je réponds. Bientôt. Tu sais que ce n'est pas facile.

— Rien n'est facile.

— Au départ, sans l'argent de Margaret, je ne suis rien.

— À l'arrivée non plus.

Je sens la colère monter dans sa gorge.

— Ne deviens pas cassante, Helen. Mon job me met sur le gril, il y a toujours un nouvel élément à gérer, tout ça me prend…

— Oui, tu as un boulot stressant, coupe-t-elle. Eh bien quoi, tu aimes ça, non ? Ne viens pas m'endormir avec tes discours de néo-con !

Helen s'affiche comme farouchement démocrate lors des vernissages, ce qui lui donne l'impression de résister. À quoi, c'est une autre affaire.

— J'essaie simplement de t'expliquer, dis-je.

— M'expliquer que tu préfères déjeuner avec un gros bouseux de Milwaukee plutôt qu'avec la femme de ta vie ?

— Ne sois pas idiote, ça ne te va pas.

— Tu croyais quoi ? Que j'allais te féliciter pour ton déjeuner de ploucs ?!

— Je suis désolé.

Helen soupire tristement. Elle rêve à de beaux lendemains. Pourquoi faut-il que les choses, avec elle, soient toujours si compliquées ?

— Partons, dit-elle. Quittons cette ville de merde… Changeons de vie. Allons nous installer à New York.

— Si tu savais comme j'y pense, acquiescé-je, un œil dans le rétroviseur.

— Eh bien arrête d'y penser, et fais-le ! se reprend Helen. Tant pis pour l'argent de ta femme.

Ça fait cinq ans qu'on est ensemble, Michael, j'en ai marre d'être la seconde, la femme qu'on cache. J'en ai marre de passer après les bouseux de Milwaukee !

— Helen…

— Parfaitement ! Tu as assez d'argent, Michael. Même en divorçant. Je préfère vivre ailleurs avec ce qu'on a plutôt que de rester à Boston dans l'ombre de ta femme. Ici il y aura toujours un bouseux, un dîner avec ta vieille, un week-end de com' à Acapulco, dit-elle entre ses dents. Tant pis pour l'argent.

— Il m'en faut encore un peu : j'en ai caché une partie mais il m'en faut encore un peu…

— Tu dis toujours ça.

— Je veux qu'on parte en beauté.

— Ouais, eh bien en attendant moi je me fane. J'ai trente-neuf ans, Michael. Quarante ans le mois prochain. Tu vois où je veux en venir ?

Toujours les mêmes rengaines.

— Je te promets que sitôt partis, on fait un enfant.

— Quand ?

— Attends au moins qu'on fasse l'amour !

Helen pouffe malgré elle.

— L'année prochaine, chérie, dis-je. On part l'été prochain. C'est la vérité. Je te demande encore quelques mois de patience.

— T'es chiant.

— C'est comme ça que tu m'aimes, non ?

Helen finit par céder :

— Bon, alors, on se voit quand ?

— Eh bien, ce soir ce n'est pas possible… Ce week-end Margaret est là, je suis obligé de rester…

— Même pas un petit golf ?

Elle a repris sa voix d'enfant pas sage.

— J'ai déjà eu du mal à ne pas l'accompagner à Las Vegas le week-end dernier, ironisé-je, ce week-end, c'est impossible. On va être obligés d'attendre lundi.

— Bon… Alors je vais m'ennuyer…

Helen est amoureuse.

— Je t'embrasse, ma chérie.

Des oiseaux paradent dans le ciel.

— O.K., dit-elle d'une voix défaite.

Je vais raccrocher mais Helen me retient :

— Michael ?

— Oui ?

— Je t'aime mon salaud. Ne me déçois pas.

— Je te le promets, ma chérie.

Sept heures quarante-deux. J'accélère sur l'autoroute.

La radio joue en sourdine un standard de country que je n'entends pas. Je pense au jeu de dominos que j'ai mis en place, à la pièce qui peut s'enrayer et me trahir, à la coke qui sommeille dans ma poche… Quelle folie de l'avoir prise avec moi… Mon portable sonne alors qu'un ralentissement s'opère : c'est Charlotte.

— Oui chérie !

— Oh ! Michael…

La voix de Charlotte est un mélange de peur et d'excitation. Nous sommes dans le même état.

— Tu en es où ?

— Dans le hall du building, dit-elle. Le vigile à l'entrée n'y a vu que du feu.

— Bien !

— Et toi ?

— J'ai prévenu le bureau. Ça a l'air de prendre.

— Et ta femme ?

— Je crains plus ses chiens.

Charlotte ne peut retenir un ricanement. Je suis drôle quand je parle de ma femme…

— Maintenant passons à la phase numéro deux : joindre O'Driscoll. Ses bureaux sont à l'avant-dernier étage…

Charlotte chuchote :

— Tu es sûr que personne ne me reconnaîtra ?

— Comment veux-tu qu'on te reconnaisse ? O'Driscoll ne sait ni qui tu es, ni ton allure véritable.

Suivant mes instructions, Charlotte s'est rendue méconnaissable : avec sa perruque rousse et les grosses lunettes de femme dépressive qui lui cachent la moitié du visage, même sa mère ne la reconnaîtrait pas. Au pire, s'il y a une enquête, les caméras de surveillance auront l'image d'une autre…

— Et les passeports ? demande-t-elle. Tu as les passeports ?

— M. et Mme Parker. Tu aurais pu faire un sourire un peu moins crispé sur la photo, pour le reste ils sont parfaits.

La personne qui me les a procurés travaille à l'émigration : les passeports m'ont coûté une petite fortune mais le résultat est garanti.

— Ne t'en fais pas, tout se passera bien.

— Et les billets ?

— J'irai les retirer directement au comptoir en arrivant à La Guardia… Bon Charlotte, il faut que je te laisse, j'arrive à l'aéroport… Rappelle-moi dès que tu as réussi à joindre O'Driscoll.

— Michael…

— Oui, ma chérie ?

— J'ai peur.

— Moi aussi. Mais les risques, on les a toujours pris à deux, non ?

Charlotte acquiesce.

— Je t'aime, chérie.

— Moi aussi Michael…

Des avions décollent au loin, fuselages aveuglant l'azur. Je bifurque vers le terminal.

L'homme qui me devance au comptoir TWA part vers la porte d'embarquement. Une femme le suit en mitraillant le sol de ses talons hauts, tige blonde tout encombrée d'elle-même, sorte de tournesol triste planté dans l'ombre du nabab. Un homme de pouvoir qui vient peut-être, comme moi, d'un trou perdu du Texas et qui s'est fait à la force du poignet…

— Voilà votre billet en classe affaires monsieur Parker, me dit bientôt l'employée de la compagnie. Pas de bagages ?

— Non. Juste mon attaché-case.

— L'embarquement aura lieu à partir de huit heures porte 12, conclut-elle dans un sourire de sucre glace. Bon séjour à Los Angeles, monsieur Parker.

Je range le billet et le passeport dans la poche de ma veste.

— Merci.

Un billet aller-retour, pour brouiller les pistes. Je viens de donner les clés de la Pontiac à Garfield, le type qui possède la plus grosse casse du comté, chargé de la détruire : avec elle s'effacera la trace de Michael Boorman, trader associé… Mon téléphone sonne alors que j'achète un magazine dans une boutique de l'aéroport. C'est Charlotte.

— Ah, ma chérie ! Alors ?

— J'ai eu un mal de chien avec les secrétaires mais j'ai fini par voir O'Driscoll : au début, quand je lui ai raconté l'affaire, il était soupçonneux mais quand je lui ai montré les chiffres de la transaction, ses yeux ont fait des huit.

— Alors ? Il… il a accepté ?

— Évidemment : avec une commission pareille, c'était difficile de refuser !

J'étouffe un cri de joie… Ça marche… Putain, ça marche… Cette fille est géniale.

— Cinquante millions de dollars, chuchote Charlotte, ça fait combien à dépenser par jour ?

— Ça dépend combien de temps tu comptes vivre avec, fais-je dans un petit rire nerveux. O'Driscoll t'a dit quand il allait passer la transaction ?

— Vers huit heures et demie. Wall Street vient d'ouvrir mais il ne veut pas éveiller les soupçons.

Une horloge.

— Bien joué, chérie ! Tu es un ange !

— Je t'avais dit que tu pouvais compter sur moi.

Charlotte me porte chance. C'est une ambitieuse, comme moi. On s'est rencontrés à New York six mois plus tôt lors d'un *think tank* concernant les placements de *hedge funds*, ces « fonds pourris » aux taux de risquabilité à la hauteur des dividendes… L'image même de notre union.

— Qu'est-ce que je fais maintenant ? demande-t-elle, pressée d'en finir. J'ai dit à O'Driscoll que je devais être présente lors de la transaction mais je crève de peur.

— Tu ne bouges pas. Tu prends un bouquin

ou un magazine et tu attends huit heures et demie qu'O'Driscoll effectue la transaction.

— Comme si j'avais la tête à lire…

— Eh bien regarde les images.

— Ce n'est pas drôle.

— Garde ton sang-froid, chérie, et tout se passera bien. J'ai tout prévu. Ça va marcher.

Tout est question de volonté. La chance suit.

— C'est comment les îles Caïmans ? demande Charlotte.

— Plein de crocodiles.

Elle pouffe.

— Le vol est à douze heures cinquante, abrégé-je, on aura largement le temps d'en parler. Tout ce qu'on a à faire maintenant, c'est d'attendrc la transaction.

— Et si quelqu'un découvre la supercherie ?

— Oh… estimé-je : détournement d'actifs, délit d'initié, ça doit faire dans les vingt ans…

— Quoi ?!

— Allons, aie confiance : je t'assure que j'ai pensé à tout.

Des heures à tourner et retourner la problématique, des heures et des heures d'insomnie avec Margaret à côté et le cœur qui se serre à l'idée de miser ma vie sur un coup de dé. Un coup de génie : l'argent viré sur un compte off shore et suffisamment d'intérêts communs pour que personne n'en revoie jamais la couleur. Le coup sera magistral, pour la simple et bonne raison que j'ai pensé à tout.

— Puisque tu le dis, soupire Charlotte.

C'est l'heure de l'embarquement.

— Il faut que je file. À tout à l'heure, chérie…

— Je te rappelle dès que je sais.

— Et comment !

N'y tenant plus, je prends la direction des toilettes. Les îles Caïmans sont bien le dernier de mes soucis…

L'air pressurisé de l'avion est déréglé mais je ne sens pas le courant glacé dans mon dos. Je transpire à grosses gouttes, mon associé au téléphone.

— Non Eddy, je ne peux pas venir… Non c'est non : je suis désolé de me répéter. Débrouille-toi avec eux.

— Michael, les types sont furieux : avec les sommes qui sont en jeu, il faut les comprendre !

Les ploucs de Chicago. Pleins aux as.

— Eddy : tu es mon meilleur, mon seul ami, dis-je. Il faut que tu me fasses confiance.

— Tu nous exposes à…

— Salut Eddy.

Je coupe mon portable, desserre le col de ma veste. J'ai sniffé une ligne longue comme un python dans les toilettes de l'aéroport, mais je n'ai pas pu me résoudre à jeter le reste. C'est elle qui me tient les nerfs. Tant pis si je prends un risque inutile : j'ai une chance sur mille de me faire fouiller par les douanes, et quand bien même les chiens renifleraient quelque chose, j'avalerais le sachet en deux secondes...

— Un rafraîchissement monsieur ?

L'hôtesse, une Afro-Américaine comme ils veulent qu'on les appelle, me regarde avec une bienveillance commerciale. Je n'ai pas desserré les mâchoires.

— Non... Ou plutôt si : donnez-moi un café.

Le portable sonne de nouveau : c'est toujours Eddy. Je laisse sonner dans le vide. L'hôtesse me tend un gobelet d'eau noire.

— Le vol aura combien de retard ?

— Le commandant de bord fait le maximum pour rattraper le temps perdu, assure la fille.

— Il a intérêt : vingt minutes à attendre en bout de piste : de qui se moque-t-on ?

Et si je rate la correspondance ? Si tout marche mais qu'à cause de ces incapables je rate la correspondance ?! J'ai prévu un long battement mais je redoute l'effet papillon, vingt minutes qui se transforment en trois heures et tout l'édifice qui s'écroule.

— Nous sommes désolés monsieur, il y avait des flamants roses à proximité et...

— Je me fous de vos flamants roses : vingt minutes, pour vous ce n'est rien, vous avez votre salaire à la fin du mois, mais nous, vous savez ce que ça peut nous coûter, à nous !?

— Ce n'est pas notre faute, monsieur, nous sommes désolés.

Je souffle, chasse la cocaïne de mon esprit. Après tout, cette Négresse a raison ; ça ne sert à rien de s'énerver. C'est juste l'attente qui me tape sur le système, la cocaïne qui me rend impatient, et tout ce pognon qui me tend les bras…

— Combien de retard au final ?

— Pas plus de dix minutes, répond l'hôtesse, aux dernières nouvelles…

Ça ne changera rien.

— Bon. Bon… Excusez mon emportement.

— Il n'y a pas de mal, ment-elle. Et vous n'oublierez pas d'éteindre votre téléphone portable avant l'atterrissage, ajoute l'hôtesse en me voyant composer un nouveau numéro.

— Oui oui…

Mais j'ai déjà la tête ailleurs.

Une femme décroche à la deuxième sonnerie :

— Mary Stenford, comptoir Air Mexico de Los Angeles Airport, j'écoute ?

— Bonjour mademoiselle : j'ai réservé un vol pour aujourd'hui…

— Oui. Vous êtes monsieur ?

— Parker. Michael Parker.

— Une seconde monsieur Parker… Je l'entends pianoter sur un clavier : Oui, dit-elle bientôt, j'ai une réservation à votre nom. Un aller simple, confirme-t-elle, pour une personne, à destination de Buenos Aires via Mexico...

— C'est ça.

Exit Charlotte. Trop vénale.

— Le billet est déjà réglé, ajoute l'employée, vous n'avez qu'à venir le chercher au comptoir environ deux heures avant le décollage.

— Je vous remercie mademoiselle.

— Au revoir monsieur Parker. Et bon voyage sur Air Mexico.

Buenos Aires, la Terre de Feu... L'Argentine est le pays idéal, à la fois riche et dévasté par les crises monétaires, où on n'est pas regardant sur la couleur de l'argent, un pays en banqueroute où tout est à vendre, même les parcelles de terrain à bâtir sur des sites historiques... Et puis il paraît que les étudiantes se louent l'été à des hommes d'affaires pour survivre : une poignée de dollars suffit à leur bonheur, alors un beau gringo comme moi avec cinquante millions de dollars en poche, ça augure d'autres perspectives que les îles Caïmans...

— Un autre café, monsieur ?

L'hôtesse afro m'a à la bonne.

— Non, merci. On arrive quand ?

— Oh... elle regarde sa montre. Il est huit heures quarante-cinq, on devrait atterrir d'ici une vingtaine de minutes...

Vingt minutes.

Dix-neuf.

Dix-huit.

Toujours pas de nouvelles de Charlotte.

Dix-sept.

Bon Dieu, qu'est-ce qu'elle fiche cette conne ? À l'heure qu'il est, O'Driscoll doit avoir passé la transaction : s'est-il passé quelque chose ?

Seize.

Un événement imprévu ?

Quinze.

Un million de dollars pour une ligne de coke.

Quatorze.

Mon téléphone portable sonne enfin : c'est elle. Bon Dieu…

— Charlotte ?

— Michael, chuchote-t-elle, je suis dans les bureaux d'O'Driscoll : la transaction vient de passer !

Mon cœur se soulève.

— C'est bon ?

— D'après O'Driscoll, l'argent est parti sur le numéro de compte que tu m'as donné. C'est tout ce qu'il m'a dit.

Le ciel est bleu par le hublot. Pas un nuage à l'horizon. Je suis devenu oiseau :

— Je savais que ça marcherait, murmuré-je dans le vide. Je le savais…

Il pleut des billets. Il pleut des feuilles d'or. Il pleut…

— Alors c'est vrai ? renchérit Charlotte.

Elle aussi semble avoir du mal à le croire.

— Oui. Nous sommes riches… Fabuleusement riches…

— Cinquante millions… Michael, j'ai du mal à y croire !

J'ai envie de crier. De hurler. De recracher la pression qui depuis des semaines me tenaille…

— Comment on fait maintenant ? demande Charlotte.

— Ne changeons rien : je serai là vers dix heures.

— Et moi ?

— Tu ne bouges pas. Il y aura une enquête, il ne faut surtout pas que tu te fasses repérer.

— Ça grouille de monde ici ! Comment veux-tu qu'on me remarque ? !

— Soyons prudents jusqu'au bout. Ce serait trop bête de laisser une trace derrière nous.

— En attendant, c'est moi la trace !

— Calme-toi. Respire. Va prendre un verre sur la terrasse, attends neuf heures et demie et rejoins-moi à La Guardia… Même avec des embouteillages, tu y es à onze heures. Le vol est à douze heures cinquante. On a tout notre temps…

Surtout moi.

Charlotte rêve en bloc :

— Les îles crocodiles…

Je ris doucement.

— Oh, merde ! s'esclaffe-t-elle : j'ai plus de batterie !

De fait, son portable bipe bizarrement.

— C'est pas grave, chérie.

— Ah ! peste Charlotte sans vraiment y croire. C'est mon beau-frère qui me l'a ramené de Thaïlande, soi-disant l'équivalent du haut de gamme : tu parles ! Il se décharge à toute vitesse !

Les bips se succèdent.

— Je t'en achèterai des caisses, dis-je : avec des touches en diamant si ça t'amuse.

Ça l'a fait ricaner, la gourde.

— Bon : retrouvons-nous au hall des départs vers onze heures. Et bois un verre à ma santé en attendant !

— Du champagne ! fait-elle joyeusement. Je trinquerai avec la tour jumelle !

— C'est ça !

— Dis donc, je n'avais jamais grimpé en haut du World Trade Center : tu verrais la vue qu'on a d'ici, c'est dément ! s'extasie-t-elle. Oh ! mon chéri, je suis tellement heureuse ! On est quel jour ?

— Le 11 : le 11 septembre.

— Le plus beau jour de ma vie !

Une nouvelle série de bips indiquent que la batterie de son portable se décharge à toute vitesse.

— À tout à l'heure, ché…

Je m'apprête à raccrocher lorsque j'entends un cri déchirant à l'avant de l'appareil, aussitôt suivi d'autres hurlements. Je me dresse sur mon siège et vois l'hôtesse afro, les yeux exorbités : un homme basané tient un cutter sous sa gorge.

— Oh ! non… soufflai-je. Non !

— Qu'est-ce que tu dis ? s'inquiète Charlotte.

L'hôtesse hurle quand la lame du cutter sectionne sa carotide. Un flot de sang jaillit sur les sièges des premiers rangs, en proie à la panique. Le tueur n'est pas seul : ils sont une demi-douzaine, en train d'égorger les stewards, les hôtesses, bon Dieu, c'est une véritable boucherie, et le sang qui se répand partout… Des pirates de l'air… Les salauds sont en train d'égorger l'équipage !

La batterie de Charlotte n'en finit plus de biper.

— Allô chéri ? Chéri ! Qu'est-ce qui se passe ?!

Je reste tétanisé sur mon siège : à l'avant les gens crient, d'autres vomissent, c'est épouvantable, les hôtesses agonisent sur le sol, la gorge tranchée, et je n'entends plus que les bips dans le portable de Charlotte.

Dans le ciel azur, New York se profile. New York…

— Chéri ! Qu'est-ce qui se passe ? Allô ?… Chéri ?

Shalam Boum-boum

Pour vivre de son écriture, il faut avoir l'acharnement de l'accident au bord de la route, de l'appétit en tout, une foi et une énergie sans faille. La liste est longue, le chemin de traverse et les désillusions aux premiers carrefours. Mais ce n'est pas parce qu'on ne publie pas, qu'on passe dix ans au RMI en suant sans fin sur des textes très loin du compte, qu'on va s'emmerder la vie. Notre seul luxe est le temps : il s'agit donc de l'utiliser au mieux, coûte que coûte.

Les gens de cœur sont d'ordinaire sensibles à la condition d'écrivain fauché et, partant du principe qu'il est plus noble de donner que de recevoir, c'est sans scrupules que j'ai participé aux largesses de mes généreux amis, à chaque occasion qui se présentait : au restaurant, dans les bars, les boîtes, en vacances, aux concerts, au théâtre, j'ai été invité tant de fois que je pourrais tenir un carnet de bal.

Mon ami Fred C., journaliste, fait partie des gens

qui m'ont beaucoup invité. Nous nous aimons avec une délicatesse terriblement virile, étant entendu qu'hormis sa passion pour Jean-Louis Murat, l'homme a des manières parfaites, quoiqu'un peu roublardes.

Ainsi, profitant honteusement du malheur des uns — à savoir l'épidémie de peste qui s'était réveillée en Inde au milieu des années quatre-vingt-dix — Fred avait réussi à nous dégotter un séjour de dix jours dans la région de Delhi. Le ministère du Tourisme conviait en effet les journalistes du monde entier à se rendre en Inde afin de constater que l'épidémie avait bien été enrayée.

Fred était à l'époque le rédacteur en chef d'un magazine pour lycéens, pour lequel je pigeais : nous irions donc faire quelques portraits de jeunes Indiens qui n'avaient pas la peste, aux frais de la princesse… Nous étions déjà partis en Turquie pour moins que ça, je n'ai pas hésité longtemps.

Nous embarquâmes ainsi avec une trentaine de journalistes qui travaillaient pour des titres autrement plus prestigieux que notre petit magazine, et arrivâmes tous en pleine forme à Delhi, où une délégation indienne nous accueillit.

Des voitures nous attendaient, un hôtel luxueux, puis un voyage organisé spécialement pour les journalistes français, balayant le « triangle d'or », de Jaipur à Agra et son Tadj Mahall…

Suivre la meute qui déjà se plaignait de la chaleur et du manque d'organisation de nos hôtes ne nous disant rien qui vaille, nous prîmes la route inverse à bord d'une sorte de 403 locale, en compagnie d'un cameraman de France 2 à moitié mythomane, un ancien de Katmandou qui avait perdu ses cheveux mais pas sa tête — parti pour se la couler douce, le bougre passerait son temps à dire aux gens qu'il reviendrait avec sa caméra et une équipe, qu'il faisait du repérage, etc. Comme nous n'avions pas beaucoup mieux à proposer, nous le trouvions, malgré la fumisterie, assez marrant. Et quelle beauté ce pays…

Quittant Delhi, notre chauffeur prit la direction de Jaipur, la ville rose ; camions calcinés, voitures encastrées, zébus dépecés, vautours sautillants, il y avait une sacrée animation au bord de la route, et autant d'accidents évités par une succession de petits miracles qui faisaient la circulation en Inde.

Notre copie de 403 toute neuve rendant l'âme au kilomètre 38, nous stoppâmes de longues heures dans un des garages improvisés sur le bas-côté, sous le soleil. Avec pour seuls outils des marteaux et des pinces, il fallut tout le génie des pauvres gens pour nous faire repartir.

Le soleil tombait sur les plaines et, à ce rythme, nous serions à Jaipur pour l'an 2000… Fred aperçut alors ce qui, de loin, ressemblait à un fort immaculé, niché au sommet d'une colline.

« Allons voir » étant l'élan minimal du jeune

journaliste découvrant le monde, notre chauffeur nous mena vers les hauteurs.

Il s'agissait en effet d'un ancien fortin, qu'un architecte français du XIXe siècle avait remodelé avec un goût exquis, tirant les meilleurs partis de l'original. Une splendeur d'hôtel, avec des portes de six mètres sculptées dans un bois précieux, des fontaines et des cours, des patios et des kiosques dans les miradors, des chambres avec des lits de Kama-sutra.

Écrivain-RMIste, j'avais vu des pays lors de mes voyages mais jamais, je crois, un endroit pareil : tout était d'un équilibre et d'une beauté si émouvants que j'en avais l'esthétique au pôle Nord.

Le fort dominait la plaine, désert des Tartares d'où l'ennemi sans venir nous ferait héros ; le crépuscule tombait en feuilles d'or sur l'horizon troublé tandis qu'au loin rugissaient les camions.

Quatre-vingts francs la chambre de reine adultère : Jaipur attendrait bien demain…

On a blagué deux minutes avec notre guide-chauffeur, comme quoi il allait être bien à dormir tout seul dans la voiture, avant de nous installer, moi et Fred, au milieu des splendeurs qui constituaient notre chambre, le chauffeur et le cameraman de France 2 dans la tente aménagée sur le toit.

Nos deux compagnons sont venus prendre l'apéro dans le salon de notre suite, où attendaient bière, whisky local et un tonitruant haschich dégotté à Delhi. Après un bref cérémonial orchestré par l'ex-katmandousar, nous fumâmes la drogue.

— Shalam Boum-boum ! répétait le cameraman chauve, s'inclinant mains jointes vers le sol de ses vingt ans.

« Shalam Boum-boum » était devenu son surnom : enveloppé de fumée âcre et odorante, l'ex-baba cool priait on ne sait quoi, tirant comme un forcené sur la *magic pipe* que je venais d'acquérir.

Si le whisky indien était franchement mauvais, la bière étancha notre soif. Aussi nous arrivâmes particulièrement raides sur la terrasse qui faisait office de restaurant, face à la plaine et sous le ciel étoilé. Le vent était tiède, les serveurs en panoplie de maharaja, au garde-à-vous pour nous servir.

Nous nous installâmes à l'une des tables, entre un couple de vieux Anglais et quelques touristes en tenue de gala — perles, soie, étoffes précieuses, la moyenne d'âge des convives n'excédait pas soixante-dix ans.

Le maharaja en chef nous présenta les plats et, faute de vin, nous servit de la bière indienne. Nous continuâmes à blaguer avec notre guide, lui demandant s'il comptait réellement faire l'amour ce soir avec Shalam Boum-boum dans leur tente, et arrivâmes au dessert bougrement rincés. Le maharaja en chef vint alors parler chiffon à notre table, nous informant que le prince Charles avait passé une nuit ici l'année dernière, super, aussi le ministre des Affaires étrangères de la Chine, ah oui ?, le ministre de la Bulgarie, de l'Australie, l'ambassadeur de je ne sais plus quoi, la liste était interminable, le ministre du Tourisme du Japon, le ministre de la Culture de l'Italie, le ministre de...

— Eh bien lui, le coupai-je en désignant Shalam Boum-boum, en France, c'est le ministre des gens qui n'ont pas de cheveux.

Le regard incrédule du maharaja ne fit rire que nous. Un fou rire venu de loin, féroce, bientôt inextinguible. Un hoquet me remonta des entrailles, que je réprimai d'instinct. Mal m'en prit : refoulé de ma gorge, la remontée gastrique se ficha dans mes narines, aussitôt obstruées. Un nouveau spasme survint alors tandis que je continuais à rire bêtement, cette fois-ci irrépressible : j'évitai de peu la table et, bondissant de ma chaise, vomis largement aux pieds du maharaja.

Un cri d'horreur monta des tables voisines mais je ne l'entendis pas : une deuxième salve me monta au gosier. J'aperçus les quelques marches qui menaient aux créneaux du fort et la plaine au fond du précipice. En trois pas j'étais devant la table du vieux couple d'Anglais qui me regardaient, consternés : je déposai la deuxième salve devant la lady en rose, qui recula sous le flux.

Je cessai alors de rire : j'avais beau pomper, l'air ne rentrait plus.

Je me précipitai vers les créneaux, poursuivi par le maharaja :

— Sir ! Sir !

Il se rua à mon aide sous les protestations écœurées des convives, je cherchais désespérément à respirer mais je m'étouffais. Mon ventre au supplice se contorsionnait, se tordait en mille, en vain : les fulgurances m'arrachaient des larmes épaisses mais rien ne venait. Je commençai à paniquer, ne savais plus ce qui me faisait le plus mal, la douleur ou la sensation de mourir dans quelques secondes, c'était absurde, absurde et effrayant, mon corps de répondait plus, il me trahissait. Je pompai d'interminables secondes, éructai : peine perdue. J'étais perdu.

— Sir ! Sir !

Le maharaja, qui voyait bien que je m'étouffais, me présentait sa petite serviette blanche, les yeux exorbités : hurlant dans ma gorge, je vomis d'un coup deux hectolitres au creux de ses mains, gâtant définitivement son beau costume.

Au bout de la peur, une goulée d'air traversa la mort.

Le visage barbouillé de vomissures et de larmes, j'expédiai le reste par le précipice avant de happer le bon oxygène de la Terre, plusieurs fois, avec une effrayante envie de vivre.

Je respirais comme après un quatre cents mètres, le ventre au supplice.

Le maharaja s'enquérait frénétiquement de ma santé mais, sous le choc, incapable de parler, je ne songeais plus qu'à respirer, respirer encore, respirer jusqu'à la fin de mes jours...

Quand deux minutes plus tard, le visage grossièrement nettoyé, je revins en titubant vers notre table, la terrasse était vidée comme après une alerte chimique.

Il n'y avait plus que Fred écroulé sur sa chaise, qui se tenait le ventre, et des mares de dégueulerie disséminées sur la terrasse étoilée...

La vache : j'avais bien failli mourir de rire.

One Trip/One Noise

Ma mère est d'une extrême mauvaise foi et ça ne semble pas la déranger. Partant du principe que ses fils ont plus ou moins toujours raison, c'est sans sourciller qu'elle venait me chercher chez les différents proviseurs d'établissements scolaires, arguant qu'elle connaissait non seulement l'existence des divers ceintures à clous, bracelets à clous, colliers à clous, chaussures à clous et autres lunettes à clous (j'étais très clous) qu'on venait de me confisquer, mais que c'était elle qui me les avait achetés.

C'était très faux mais quand on a un fils à clous, on ne fait pas dans la dentelle. Le proviseur rendait généralement la boîte où il avait rassemblé mes colifichets, penaud et rageur à l'idée qu'on ne me sermonnerait pas sur ce coup-là, voire que la maman et le fiston s'en iraient tous les deux outragés par l'étroitesse d'esprit dont faisaient preuve les représentants de l'Éducation nationale, et les rabat-joie en général.

Inoffensif mais rigoureux quant à mon espace et ma liberté de mouvement, je leur menais la vie dure, pelotant les premières de classe sous les yeux libidineux et furibonds du prof de maths, séchant, fuguant, ne me rendant en cours que par surprise, ou pour épater son monde, abandonnant les contrôles au bout de dix minutes avec une lettre explicative pour le professeur — bien gentil, mais que voulez-vous, je n'aimais pas la physique, la biologie, tous ces trucs-là, sans parler de la façon dont on enseignait l'espagnol (symbolisé par des oliviers misérables sur une terre aride où un âne blasé partageait son picotin avec deux péons égarés sous le soleil, alors que nous étions en pleine movida) ou le français (profs poussiéreux, programme biodégradable) —, n'hésitant pas à quitter la classe si la personne chargée de l'autorité faisait preuve d'injustice, ou simplement d'une autorité excessive, tout en déclamant du Clash dans le texte, histoire qu'elle s'instruise, avant de claquer la porte comme un courant d'air qui aurait mal tourné.

Ma mère trouvait ça très bien, les Clash. Elle ne connaissait pas trop mais enfin, si je les aimais tant ils devaient être de bons garçons, avec peut-être quelques clous çà et là…

Quand il s'agissait à treize ans de passer la nuit dans le village voisin, comprenant très bien à quel point je trouverais injuste de ne pas rejoindre mes nouveaux amis presque majeurs à la salle des fêtes pour une première nuit d'ivresse sans alcool, elle me laissait sortir, la peur au ventre.

En général, elle ne dormait pas avant que je rentre, résistant à tout, les somnifères, la lecture prolongée, la raison. Je faisais il est vrai un tas de conneries, mais le plus souvent avec un bon esprit — il s'agissait d'être rock, en toute circonstance : O.K. ?

J'étais en guérilla contre l'école qui poussait notre créativité comme de la poussière sous le tapis, les mentalités frileuses de la campagne, les ploucs et les bourgeois qui nous regardaient de travers, les tueurs d'hommes et d'animaux, mais aussi la variété qui pollue les ondes et les âmes faiblardes, le patinage artistique, Borg, Lendl, ce genre de types, la mollitude, la bêtise universelle, bref, j'étais contre.

Ma mère comptait les points, le résultat toujours en ma faveur — il suffisait de compter.

Les gens trouvaient qu'elle exagérait, qu'un tour de vis ne me ferait pas de mal, que des garçons comme moi il fallait les dresser à la baguette, mais elle savait mieux que quiconque que les vis, je les avais déjà enfoncées jusque-là, que j'avais au contraire plutôt besoin qu'on me desserre un peu les sutures et les points — il m'arrivait de m'ouvrir les bras, les veines ou la gueule au rasoir, pour voir ce qui arriverait : ça changeait des clous.

Les copains n'y comprenaient pas grand-chose, mais comme moi non plus, on préférait boire des coups avec les filles. Ma mère, elle, serrait les fesses pour que je passe le cap de l'adolescence sans trop mourir. Quand je n'étais plus qu'une flaque de boue et de larmes rentrées, elle me disait que ça allait sortir un jour, qu'il ne fallait pas s'en faire, que ce jour-là ça allait faire des étincelles cosmiques, des cratères dans l'univers, que ma fureur ne serait pas perdue pour tout le monde, que les filles allaient adorer ça, les autres aussi ; elle délirait en bloc — un langage que je connaissais.

Il faut dire que ma mère était une femme divorcée, ce qui à la fin des années soixante-dix faisait jaser dans un village comme Montfort-sur-Meu, Ille-et-Vilaine. Elle avait ouvert une petite parfumerie dans le bourg, les gens venaient l'observer derrière la vitrine, et personne ne rentrait. Aujourd'hui encore, bien que je me tamponne des petits commerçants, pour moitié poujado-sarkozystes, ma gorge se serre en voyant un commerce vide. La madeleine a du mal à passer, sans compter que je n'ai jamais pu saquer les gâteaux. Et puis, les enfants de divorcés avaient eux aussi droit aux réjouissances qu'on réserve aux minorités : montrés du doigt, nous serions donc solidaires.

À l'instar de l'époque (les années quatre-vingt), la bêtise majoritaire forge le caractère.

Quand elle partait en voyage avec son nouveau

mari, ma mère nous laissait la maison à saccager pendant quinze jours (l'école et les obligations diverses s'arrêtant séance tenante, les copains guettaient leur départ dans les fourrés tandis que d'autres volaient des caddies entiers au Super U du coin). En rentrant, son mari était furax mais il n'avait pas trop le choix : les deux Celtes qu'elle avait en le rencontrant faisaient partie du petit lot, c'était à prendre ou à laisser désirer, et tant pis si l'on retrouvait des cannettes de bière dans l'étang.

Notre bonheur comptait sans doute plus que le sien, et s'il était violent, c'est que ça existait *vraiment.*

Vu la mère qu'elle a eue (Clémentine Vauléon), j'imagine à peine les nuits d'angoisse qu'elle dut vivre en me sachant lâché, complètement pété, dans la nature. Mais elle me faisait confiance, jusqu'au plus fort de la tempête.

On ne construit que sur des ruines, disait Nietzsche : j'avais un sacré chantier.

Supporteur numéro un de ma vie, ma mère ne tournait guère autour du pot. Quand je lui ai annoncé que j'allais devenir écrivain, elle m'a répondu qu'on allait m'acheter un ordinateur, que je projetais de faire le tour du monde, « tu n'as qu'à travailler un peu pour avoir de l'argent sur place, moi je te paie le billet d'avion », que j'allais me marier « allons bon », que j'allais vivre à Paris, « ah ! la Ville lumière ! », etc.

Les autres en mangeaient des ronds de chapeau.

« Tu es trop laxiste », « la liberté ça s'acquiert », « il va faire n'importe quoi, faudra pas s'étonner après », « moi je te le collerais en pension ! », « tu le regretteras », « tu élèves mal ton enfant », ma mère en a entendu de belles, sans jamais céder d'un pouce. Elle aussi était seule contre tous : un long point commun, qui nous unirait le temps que j'aille jouer aux billes avec mes comètes.

Mon inclination pour la rébellion généralisée, la rage pure et la mort était le pendant d'un amour pour la vie figurant sur la même face de la même pièce.

De l'interzone.

Ma mère voyait bien ce que je voulais dire, seulement je n'étais pas obligé de le crier.

One trip/one noise...

On ne savait pas où j'irais comme ça, mais au moins j'avais le ton. Mon trip serait l'écriture, mon bruit celui de la musique.

À fond, on l'aura compris : autrement on n'entend rien de la vie.

Composition Nord Compo
Impression Novoprint
à Barcelone, le 04 décembre 2006
Dépôt légal : décembre 2006

ISBN 978-2-07-034163-1./Imprimé en Espagne.

145791